少女时代的林海音。

1990年,在夏承楹80寿诞暨夏承楹、林海音金婚庆祝仪式上 两人的合影。

1990年5月,林海音第一次回到阔别42年的北京,与90高龄的夏家二嫂动情拥抱。

1990年5月,林海音在北京旧居晋江会馆门前留影。

1990年5月,林海音到母校师大一附小故地重游,站在一间教室门口,她说:"当年上学时因为不听话,曾在这里罚过站。"

1994年7月28日,林海音在日本与在《城南旧事》电影中扮演小英子的沈洁合影。

1994年6月,在台北格林文化公司出版的《城南旧事》彩绘本发行仪式上,夏承楹、林海音夫妇合影。

窃读记
林海音小说精选

林海音 著

当代世界出版社

图书在版编目（CIP）数据

窃读记：林海音小说精选 / 林海音著. —北京：当代世界出版社，2017.11
ISBN 978-7-5090-1287-1

Ⅰ.①窃… Ⅱ.①林… Ⅲ.①短篇小说－小说集－中国－当代 Ⅳ.①I247.7

中国版本图书馆CIP数据核字（2017）第279759号

窃读记：林海音小说精选

作　　者：	林海音
出版发行：	当代世界出版社
地　　址：	北京市复兴路4号（100860）
网　　址：	http://www.worldpress.org.cn
编务电话：	（010）83907332
发行电话：	（010）83908409
	（010）83908377
	（010）83908423（邮购）
	（010）83908410（传真）
经　　销：	全国新华书店
印　　刷：	北京旭丰源印刷技术有限公司
开　　本：	880毫米×1230毫米　1/32
印　　张：	8.25
字　　数：	125千字
版　　次：	2018年1月第1版
印　　次：	2018年1月第1次
书　　号：	ISBN 978-7-5090-1287-1
定　　价：	28.00元

如发现印装质量问题，请与承印厂联系调换。
版权所有，翻印必究，未经许可，不得转载！

| 出版说明 |

本书收录了林海音多篇经典小说作品,以林海音作品原文为文字底本,力求最大程度保持作品原貌,同时为方便读者阅读,对个别不符合现代汉语使用习惯的汉字和标点做了更正。

目 录

我们的爸……………………………………001
绿藻与咸蛋…………………………………041
晚晴…………………………………………057
窃读记………………………………………152
冬青树………………………………………160
阳光…………………………………………166
雨……………………………………………172
金鲤鱼的百裥裙……………………………177
某些心情……………………………………197
蟹壳黄………………………………………212
玫瑰…………………………………………227
奔向光明……………………………………242

林海音主要生平记事………………………247

我们的爸

文英

"熊太太真是多礼,"文英一边打开熊太太刚才送来的小纸盒一边说,"哟,公翰,你看看,一支派克圆珠笔,一只花别针,惠惠一定高兴极了,我马上就给她寄去。"

文英把两样赠礼递到公翰的面前,公翰看了一眼,点点头,他一向是不注意孩子们这些细节的,他又埋首到报纸上去了。

文英又把紫红色的笔杆转转看了看,上面还电镂上"高惠惠"三个字,那只花别针呢,也一定是外来货,金属盘上镶满了各色的水钻,冬天如果别在呢外衣上,配上惠惠的细白皮肤,一定很美的。文英觉得熊太太礼送得真重,使她将来要还什么礼的时候,很难处理了。但是她继而又想,有什么关系呢,熊太太是富有的人,而且她的东西又是直接从外洋买来,合起台币并不算太多,更主要的是熊太太衷心地喜欢惠惠,因为她自己没有女儿的缘故。像刚才熊太太那样热情地拍着她的肩头说:

"我真羡慕你,袁太太,儿子去年保送台中农学院,女儿今年保送东海大学,你这老太太可乐啦!"

熊太太记错了,儿子天惠是前年保送的。熊太太又抖搂着胖身体,大笑着说:

"看,孩子们上了大学,咱们还不是老太太了吗?可是我这位老太太可不松心呀,去年老大考的系不合志愿,今年又回头考,这么大热天。"

文英有些难为情地说:"看,大弟弟去年毕业,我也没有……"

话没说完,熊太太就拦住说:"哪里,我这些都是不用花钱的,而且保送到底是可贺的事呀!"

文英当时确是满心欢喜,心里开了花似的,笑着回答熊太太:"惠惠走得匆忙,也没有来得及给熊妈妈辞行,等放假回来再去看你吧!"

想到这儿，文英也就心安理得了，她收拾起礼物盒，要送回抽屉里，不由得摇了摇头，熊太太居然给封起称号来了——老太太！真是，天惠念大三了，做母亲的还不该是老太太了吗？而且，自己确实是有点老态了，虽然才是四十多一点的人，这两年眼睛的视力首先就不灵，头又常常发晕，检查又查不出什么具体的毛病，医生就是会说，缺少维他命B！其实一句话，这就是上帝派了"老"来作祟。

但可喜的是孩子们都让人满意的乖巧，不但书读得好，又识大体，懂礼貌，使她和公翰结婚做了再嫁夫人后，并没有遭遇什么困难。只是孩子们长大了，一个个像长满羽毛的鸟雀，都要飞出去了，未免使她寂寞一些。可是这也不能怪孩子们呀！怪的只是怎么这样凑巧，天惠保送到台中，惠惠也是。只是因为分数差了些，所以没能得到志愿保送台北的台大，如果在台大多好，守着家，免得让她这么寂寞和惦念。

文英想起没完，索性坐在藤椅上发起呆来。礼物盒还没有送进抽屉里，她又不由得打开来，转动着那只紫红色的圆珠笔，眼前浮起了天惠和惠惠两张稚气的脸蛋儿。

天惠自从入了大学，在家时日更少了，两个暑假他都参加战斗训练，爬山涉水，凭空给她添了许多忧虑。但是孩子偏说机会是难得的，别人的体格还不能及格参加呢，这话也是真的，他那健壮的身骨，就和——唉！就和当年的宗新一样。但是宗新怎么就变得那么没出息！丈夫的责任，父亲的责任，都不能负起来，沉溺于酒与赌，终于使她不得不携着两个幼儿和他离婚。

想起那几年和宗新所受的罪，她还会不寒而栗，幸亏她敢于下决心离开他，如果混到现在的话，孩子们能顺利地念大学，而且是保送吗？即使是能保送，像东海大学是私立的，总要花一笔钱，怎么念得起？那时惠惠还不得乖乖地辍学在家帮忙烧饭洗衣！

不要说别的，记得和天惠一起保送到台南成功大学的一个同学，不就因为家境清贫无力独自离家在外升学而放弃保送，又报名投考台大吗？

但是——文英也有一点疑惑，那天好几个同学到家里来，孩子们吵吵闹闹的，只听见他们说，哪个保送哪里不要去，哪个又哪个，都要放弃保送回头再考。他们也在劝天惠并且挖苦他，说他志愿念电机的，保送农学院也肯去，太丢同学人了，一定要天惠也放弃保送，和他们一样的再报名投考，但是天惠任怎么说也不答应，连她在隔壁中听到，都想过去鼓励天惠也干脆放弃保送算了。如果考取台大电机系，不但合了志愿，而且离家近，也好照顾，她到底舍不得孩子离开她——正是为了舍不得孩子受委屈，她才无论如何苦也要带着孩子和宗新离婚的呀！

可是孩子还是远去了，不止一个，而且是两个。

同样的情形，惠惠的几个女同学，也都放弃保送不合理想的科系，宁可回头重考。惠惠却不，她说得也有道理，在台中，离哥哥近，怕什么！

她有点莫名的伤感，眼睛湿润了。她劝慰自己，应当满意，孩子们虽然走远了，还有公翰这样的第二任好丈夫呢！

想当年离婚后本不打算再婚的，想独力地撑下去，可是撑不到两年，已经苦不堪言，却在这时遇见了公翰。他正直、公平、高尚、健康，最主要的是经济情形不用发愁，所以她在精疲力竭的时候，立刻就投入公翰的怀抱。

公翰对两个孩子是没话可讲的，他虽然从来不会跟孩子谈笑风生，或自动地想到给孩子买点儿什么，但是大权都在她手里，她用他的钱买，还不是和他买的一样吗？就像天惠进大学两年，她就为他做了一套西装，因为他已经是个大男人，而不再是男孩子了，也许有时要到教授家去谈谈话，喝喝茶，说不定教授有个漂亮的女儿呢。不要让孩子太寒酸了，他们还不至于混不上一身西装给孩子。惠惠呢，这次替她买了一双高跟鞋，她是活泼的女孩，东海是洋派学校，交际的事情也许会有吧？买这些东西的时候，她都扯谎向孩子说：

"你爹爹提议的，快去谢谢他罢！"

于是孩子们都很知礼地过去谢谢爹爹，天惠每次来信都是左一句父亲大人，右一句父亲大人的，非常尊敬公翰。

这一切还不够她满意的吗？她还要求什么？

她又一次心安理得地盖上了礼物盒，这回真的送回抽屉里去了。

她顺便向着桌上的镜子里望望自己，摸摸头发，擦擦嘴角，做个凝视的姿态，看看自己到底有多老？如果真的老的话，也是和宗新生活的那几年种下的根。他使她受了那么大的苦，她怎么知道他竟酗酒到那种程度，豪赌到那个地步！是的，他的确比公翰喜欢逗孩子，给孩子买东西，但要等到他难得赢钱的那一天，否则，她跟他吵，他就把气出在孩子身上，天惠挨了不少打，他应当记得，他已经不小了。

　　文英把凝视的眼光从镜中收回，她不要再想这些恼人的过去，但是她的脑子里又蓦地掠过一个问题，宗新的现状如何了？这几年都没有他的消息了，还在高雄吗？离婚书上的条件，孩子是姓他们生父的姓，而且父亲对于子女有探望权。离婚后的前两三年，天惠他们还每年和宗新见一次面，但是后来和公翰结婚到台北来，这一年一次的父子会就无形中取消了。宗新既不要求来看他们，他们的关系就像断绝了一样，所以这两年她连他是否还生存在这个世界上都很怀疑。

　　孩子们可也好，这几年难得提到他们的生父，简直就没有提到过嘛！"有奶便是娘"这句话的意义真不错，那样的父亲怎值得孩子们记忆呢！不过——文英继而又想，毕竟孩子是高家的人，是高宗新的孩子，不是袁公翰的孩子，如果宗新有个三长两短，孩子们不也应当知道？可是，让她上哪儿去打听他的下落呢？唉！她轻轻地吁了口气。今天为什么总想到这上面去，真神经！她责备起自己来了。

　　为了要打断自己在这上面不停的念头，她站起身来，走出去，换换空气。

院子里的阳光很强烈，她想不出这个时候做什么好，如果像往常，两个孩子在家，她一定会替他们弄水果啦，拿出鞋子来替他们擦啦，把阿娇熨过的制服再熨一遍领子、口袋什么的啦。但是现在，这些都随着孩子的远行而失去了，没有孩子的生活真是空虚！空虚的空虚，她嘴里不油然地念出《圣经》上的这句名言，像她这样年纪，孩子也许比丈夫更重要吧？她向坐在屋里专注在看书报上的公翰瞥了一眼，摇摇头，他没有孩子，当然不知道没有着落的心情，是什么滋味，尽管他现在名义上是个好父亲。

——这样好的太阳！她忽然想起来了，把惠惠的衣服都拿出来晒晒吧，秋天马上就来了，那是台北雨季的开始，趁它还没有来临。

她这么想着，就到惠惠的卧室去，整理她的衣物，因为中部气候好，所以把准备好的毛衣、外套之类的又留下了，说是等下次回来再带去。

她先从大箱子里拿出天惠的短大衣、呢长裤，一件件用衣架撑好送到院子的太阳底下去。每晾开一件，她都要观量一下大小，惊奇于孩子们的茁壮，也联想到自己的老，真是又高兴又难过。

还有就是这只小箱子了，里面是惠惠的几件毛衣和杂物，临时留下没带去的。

其实这箱子里的毛衣不必晒也可以的，她虽这么想着，却已经随手把箱子打开了。

拿出了毛衣，她发现箱底压着一束信，用橡皮圈套着，她好奇地拿起来看，疑心是惠惠有了男朋友，仔细地看，才认出那是她哥哥天惠的字体。怎么？没有写到家里，而是寄到惠惠学校？她不由得好奇起来，她想，是哥哥的来信，母亲就不必考虑，一定可以看的，就是真的男朋友的来信，在母亲的责任上，也还可以检查一下呢！

想着，她就不客气地把橡皮圈拉开，抽出一封来看：

惠妹：

一个星期了，还没有接到你的回信，真是急人，真怕你放弃保送，又参加联考。你还没有决定吗？怎么这样没有决断力？！

你说你怕妈妈寂寞，如果我们两人都离开她的话，那实在是你的杞人之忧,妈妈有"父亲大人"陪伴着,是不会寂寞的,他们的情感一向都很好,也用不着我们操心。寂寞的反而是爸爸,你不以为吗?前信我不是告诉了你一些情形了吗?……

文英看到这里一怔,嗯?爸爸?公翰吗?但是语气似乎不太对,她再看下去:

……他听说你保送东大,不知有多高兴,你放心,爸已经不打牌了,只是还爱喝两杯,浅斟而已,我有时也陪他来两杯生啤酒,无伤大雅。他还说,想象到看见亭亭玉立的你,就如同看见当年的妈妈一样,一定会给他一些美丽的回忆,他如今真老了!

文英把信按在胸口上,有点支持不住,坐在床沿上。她这回才明白这"爸"是谁了,"父亲大人"和"爸",是不同的两个人,而语气之间,是多么的……唉,她第一次发现自己的儿子的心灵深处埋藏的情感,是怎么个情形,而且,这真是一件神秘的事情,但——宗新,是什么时候、

怎样情形下出现在孩子面前的呢?她的心扑扑地跳着,但仍要继续地看下去:

……你千万不要鲁莽从事放弃保送,等我回家后,咱们再详细地谈。我后天回家住三天,就去参加暑期战训的海洋大队,浮游于万顷碧波上,远比在家和"父亲大人"礼貌周旋来得有兴趣些!

再见!

天惠 七月十六日

文英收进这封信,又急忙抽出下面的一封,看看日期,是更早的一封,密密麻麻地写了三张,她急需了解一些事物,便迫不及待地看下去:

惠妹:

今天同时接到妈和你的来信,多么高兴你保送到东大!妈妈也很高兴,你怎么还说不满意,还要和同学一起放弃呢?可别这么做。

谈起保送,我愿意告诉你一件我一直没跟你提起的心情。当年被保送到台中农学院时，许多同学都劝我放弃保送，再参加联考，一定可以考到我志愿的科系，但是我立定主意地放弃了，为什么？为着借此离家！你看到这里，不要骂哥哥是个不孝的儿子，我深爱妈，也了解她自离开爸爸后为我们兄妹的艰辛。我更自信有一天若能出人头地，妈是第一个应当受到崇敬的；我若赚了钱，也会首先想到孝敬她。但是，当我发现有一个可以摆脱"父亲大人"的机会，我就不愿放弃了。我总觉得我们之间是隔膜的，虽然他一直对待我们毫无恶意，我希望我能离开家，让妈妈和他生活得更自然些。

最主要的当然还是我曾在无意中知道爸在台中，我的心不知怎么就倾向到台中了，对于我，父子之情是一件最自然的事情，我相信你也一样。

一年多来，我和爸相处的情形，你也知道些。对于家庭，他是有亏职责的，但他是爸爸，我们不能原谅他吗？我们的身体里都流着他的血！

妈妈和他离婚并没有错误，他不是个好丈夫，起码对于当时的情形来讲。但也正因为妈的离开，才促使他重新做人，如果妈仍和他在一起，容忍着他，将更不堪设想，这岂非奇异的婚姻!

当爸在许多次来来回回地讲这些时,他都表示愧对妈,也感激妈。他看来比实际年龄大,由于酗酒,手总是有些发抖,但他是一个多么富于风趣的人!

他应当是一个艺术家的,家困住了他,所以他就变得那样了,他就是这么个性格,这么个人,但他是我们的爸。

我有机会照应他,也得到许多课本上、农场里得不到的东西,但是妈妈提起来会恨的,所以我从来不提他,你也不会多嘴的吧……

文英看到这里,眼睛模糊了,她把信叠起来,不忍看下去,却在想,孩子们需要的是亲情的爱,在她这里得到的感到不够了,那么,她能怨孩子们去接近他们的"爸"吗?那是最自然的事,天惠说的。如果孩子们能从两片破碎的爱去把它们拼合起来而享有它,不正是孩子们聪明吗?她这么想着,竟产生了一种安宁感觉,心渐渐地平复下去,两颗泪珠掉下来,就没有再接着流。

外面的脚步声响了,她才惊醒过来,急忙用手抹一下眼睛,把信塞进箱底。

"你在做什么呢,阿娇喊你吃饭也听不见?"

是公翰来催她吃饭了,她连忙答应着,把箱子锁起来放回原处。

到饭厅里坐下来,她心想,今天是星期日,那父子女三个又不知道在台中哪家小馆子了吧?她想象得出他们的样子来,想象得出来的。但她却捡了一块卤鸭肝送到公翰的碗里,说:

"喏,你尝尝,阿娇的手艺也不错了。"

宗新

他今天并没有按照习惯坐到角落的座位，他径直地往里多走了几步，进到一间雅座里。茶房刘头儿笑眯眯地跟了进来，一边摆着碗筷，一边问：

"高秘书，今天还是跟大少爷爷儿俩吗？先点菜吧？喝什么酒？"

高宗新连忙伸出三个指头来给刘头儿看，表示是三个人的意思，但是他却一时不知道应当怎么说出那另外的一个人是谁，刘头儿已经拿出打火机，替他把烟卷点燃了。

吸了两口烟，他很高兴地随便点了两个菜，便停住了，刘头儿又问：

"喝什么酒哪？就点两个菜？今天有螃蟹。"

高宗新想了想，说：

"等下再说吧，人来了再点好了。"

刘头儿又倒了一杯热茶便出去了。宗新看看表，又拿打火机在桌上轻打着，好像在愣愣地想什么，却又向墙壁上东张西望的，有点手足无措，停一下，他又站起来，掀起布帘向外面的茶房说：

"要是我的大孩子来了，我在这里。"

茶房含笑地答应了，他又退到雅座里。坐下来，腿就轻摇着，吸着烟，桌面上有今天的报也不看，专心在等待。

他在等女儿。

随着他吐出的一口烟，小小的惠惠的笑容，朦胧地来到烟雾里。他也跟着展开了笑容，可是他又摇晃一下头，惠惠的脸庞消失了，他也清醒过来，心说，那不是现在的惠惠呀，那还是个小学生呢，现在的惠惠，是大学女学生咧！是堂堂东海大学的女学生咧！而且又是保送的！真了不起！和哥哥天惠一样，都是保送进大学的。他骄傲起来了，烟也不吸了，侧起头，嘴抿成一个怪样子，也不自觉。

他想象不出现在的惠惠是个什么样子，他简直想象不出。他倒是看过惠惠给哥哥写的信，一笔娟秀的字，每个字都带着怪淘气的小钩钩，完全是一个没练过字帖的自由体，因为他没教过她，有亏父职！虽然他是写得好一笔瘦金体的爸爸。

他一斜头，从门帘望出去，外面正走进来一个少女，他蓦地一下紧张了,但随即松下心来,陪那少女一起的是一个中年妇人,那不会是惠惠的,惠惠是跟哥哥一起来的。

他看看手表,离他们约定的时间过了十几分钟了。他有一点犹豫,但是继而又想,那算不得什么,虽然每次光是天惠一个人时从没误过时间,正午十二点一定到达这里,但是今天不同呀,今天天惠是陪着妹妹来呀!陪着大学女学生了,总会有些耽搁的,比如惠惠去找哥哥,误了几分钟,两人再谈几句话,又误了几分钟什么的。他们就会到了,他的头又斜着望出去。

他记得第一次和天惠见面就是这样的,也是焦急地盼望着儿子的来临,也是想象不出做了大学生的儿子是个什么样子。当他最后一次见到他们兄妹俩的时候,天惠刚进中学,小小的个子,就仿佛长不大的样子,可是等到那样一个汉子站在他的面前时,他几乎傻了,他只有点着头,不住地说:

"好!好!——"

天惠当初是先给他写了信来的,那信写得是多么诚恳和天真,那种"万里寻父"的亲情,使他这游荡流浪的父亲受了多么大的感动!自从文英带着两个孩子弃他而去以后,他对自己已经毫无信心了,这才清醒过来,才知道自己一向是做了些什么事，而落得这样的下场。他仿佛是因为不喜欢家庭才加深地做出那些事来，等到没有家庭了，他才感觉到人生是多么的空虚，可是一切已经晚了，他更加的沉沦，酒与赌变本加厉下去。以前是为了寻求生活的刺激，因为家庭是累赘；后来是为了麻醉，因为家庭太空洞。这是多么的矛盾！矛盾的生活，矛盾的生命。最近这几年，他厌倦了赌，喝酒的能力也减低了——看，拿着香烟的手都微微地颤抖，喝酒的成绩！拿起笔，瘦金体成了春蛇秋蚓，他字也不写了。像老僧入定一样的安静下来，独自在台中的贸易公司里做着秘书的工作，过的是没有以前、也没有以后的只有目前的日子，就是所谓"混"。而就在这时，天惠的信来了，他记得那封信，他可以背下来：

爸：

还记得您有个儿子吗？我是在一本职员录上，偶尔发现完全符合您的履历的名字，才忍不住写信给您的。您的儿子虽然在充分的母爱下长大成人了——他已经是台中农学院的 Freshman。但是生活的缺欠，使他暗暗在人海中寻找。终于在和我就读的大学的同一城中找到了您。您愿意见我吗？……

当这个五尺五寸高的汉子坐在他的对面时，他好一会儿才镇定下来，才完全相信这是他的儿子。他们曾做了这样的对话：

"爸，您还是我记忆中的样子。"

"我老喽，倒是你长大了。好，好。"

"您一直在台中吗？爸。"

"我嘛——到处走，来台中有三年了。"

"那年看见您，还是在高雄鼓山那边的房子里。"

"是的，六——六年了。"

他们曾经沉默了一会儿没说话，说到六年，不由得两个人都要计算一下，六年是怎么过来的。天惠这六年，是整整地读了六年中学。就是在六年前，那时是他和文英离婚后两年，文英终于做了再嫁夫人，带着两个孩子到台北去了，从此断绝了来往。他又在高雄游荡了三年。三年前来到台中，想一切从头做起，但懒散多过振作，终于变成了消极地混日子。但是儿子却说：

"我们六年一直在台北。"

我们？是的，"我们"是他们母子女三个再加上另一个，唉！他这才想起，说了半天话，还没问起文英呢！他总该问问的：

"你妈好吧？天惠。"

"好。她很好。"

又沉默了一下。她好，而且很好，这该是可以放心的。但是他几时又关心过她呢？她现在有人关心了。他又不由得问：

"大家住在一起很和气吧？"

他说出来立刻就后悔了，他凭什么要问这样的话？他的关心的范围未免太广了，但是话说出去又收不回来。天惠却又说：

"还好。嗯——爸，您不怪妈妈吧？她为了我们兄妹很艰苦的。"

"不不不，天惠，只有我愧对你妈，是我造罪。知道你妈过得很好，我就安心了。"

"您放心，爸。妈妈是一个坚强而有毅力的女性。"

"是的，有福气的男人才娶她，我一时错误，放弃幸福的生活，后悔也来不及了。"

他还没对什么人吐露过这样悔过的话，这是在儿子的面前，不由衷的，潜藏于内心的，忽然在不知不觉间流露出来了。

很奇怪，自此以后，他们父子俩很少很少再谈到天惠的母亲。但他曾问："惠惠呢？"

"她已经读高二了，总是考第一，您一定高兴。"

他当然高兴喽！但那是谁的功劳呢？还不是文英的教导有方。当然，那个人也许有关系吧？听说他是一位能干而有地位的技术人员，是一个清廉颇得好评的官员。他怎么能和人家比呢？自觉尴尬，也就不愿触及谈到了。他是独子，年轻时过惯了少爷的生活，不肯受家的束缚，他不喜欢每天回家文英的考查和抱怨，于是他发出了少爷的脾气，以无赖的心情和举动，反抗文英的约束和灌满两耳的善言。赌得更凶，喝得更醉。他曾经以最难听的话投掷文英，伤害了她的自尊心，撕破了容忍的最后一层皮，她离开他了，那不怪她，只怪他。

但是在六年之后，她把这样一个完美无缺的大儿子送到他的面前来了。他被称为"爸"，但他从来没尽过爸的责任,或许,另一个男性倒替他尽了不少义务,他反而是做了现成的爸爸。是不是文英有意让儿子回到他面前来呢?他只问过一次:"你妈妈知道你找到我吗?"

"啊——我还没跟她提起。"

儿子支吾的语调,使他怀疑了,从此他不再问这句话,所以至今他也不明白到底文英知不知道他们父子的会面。

他自觉对儿子缺欠太多,不是物质可以补偿的,他要以——以什么来补偿呢?以他的为父的爱吧,这种爱,也许孩子在他的情敌(他也配说人家是情敌吗?)那边得不到。他曾爱过孩子,他记得他把大把赌赢来的钱给了愣愣望着他的儿子,文英在一旁绷着脸,紧闭着嘴唇,好像拳头都捏紧了,心里不知燃烧着多少愤恨他的火。他凭什么在赢了钱、在疼爱自己的儿子的情形下,受到这样的眼光呢!于是他一赌气,大拍了一下桌子,又出去了。这种怒目无言相对的情景,天惠还记得吗?他能原谅这样的爸爸而来寻找他,为了这,也使他觉得人生还有得留恋,还有些什么可作为的了。于是他每星期都和天惠约会在这家小馆子见面,他们喝一点酒,他叫儿子也喝。如果文英在面前,又不知该怎么对他怒目而视了。真是的。文英拿这一对宝贝儿女守得紧紧的，一丝儿也不让他这没出息的父亲去碰他们，好像他是一粒可怕的传染菌，一经接触，就有无穷悲惨的后果。

说真的，如果文英换成另一个女性，容忍下去，没有家教，天惠，还能是今天的天惠吗？文英走，是对的，她没有对不起他的地方。他们平日仇恨到那样凶的地步，但是那一次谈判离开，却是多么地平和呢。

那一天，他从三天连接不归中回来了。是一个惨败的黄昏。他准备再面临一次照例的冷战或热战，但是没想到家里很平静。文英在厨房里。他一点儿都不疲倦，为保持他的尊严，所以还故意到纱橱里去找酒，就在这时，他听见菜一样样摆上来了，他听见文英平和的声音对天惠说："叫你爸爸吃饭吧！"他们吃饭没有声音，这是冷战。他怀疑下一步是不是接着酝酿后的热战？他要准备，但是一顿饭吃完，始终没有出现。冷战到底啦！他喝着酒，心中还冷笑呢！

吃完饭，文英先对小兄妹俩说：

"你们到大街上老裁缝那里去取你们的衣服吧！"

"妈，您忘了，是明天才做好。"

"是今天,我又叫老裁缝提前一天的。"

兄妹俩高高兴兴地出去了。立刻,文英就在他面前坐下来,他最后的一杯黄汤还没灌下肚呢!

"宗新,我们两人做一次和平的谈判,都不要动气。"文英和祥地微笑着,话音虽然微颤,但那是经过几番熟虑之后说出来的。

"嗯。"

"我想——我们分开也许好一些,这样下去,双方都痛苦。"

"好。"他竟没有犹豫,更没有反抗,但是当他看着那边桌上的两个书包时,文英补充了一句:

"孩子我带走,我负责。"

"好。"除了这以外,他没有什么可说的,无论如何,来得仓促些。文英不像别的女人,她平常是从不把"离婚"挂在嘴边的,但是她一经说出,那就是一件已经决定的事。

就这样,太意外——意外和平地决定了他们的离婚,连朋友要说合都来不及了。

他知道他对她缺欠,让那个男人代他补偿吧。听说他们过得很好，孩子也安全，那就随它去吧。他不想他们了，把他们忘得干干净净的，他一个人混下去好了！

可是现在不但天惠来了，惠惠也要来。他想到这儿，不由得又看看手表，过了半小时了，怎么？不会是惠惠变卦了吧？是天惠在焦急地等着妹妹吗？是惠惠闹脾气不肯来，哥哥在说服她吗？不会的，他们就会来了。他心里这样一下确定着，一下又恐惧着。自从天惠来到他的身边，他的情感倒变得脆弱了。他知道，他说要向天惠补偿，毋宁说他要依赖天惠，感情的依赖。

和天惠交往的一年多里，他的生活充满了希望和安全。天惠爱吃这家馆子的辣子鸡、生啤酒。天惠是个喜欢一点点刺激的热情的男子，很有点像他；但天惠是坚决的——得自文英那儿的性格。他没有，他可以说完全没有。他的本质中充满了懦弱的虫！

事实上，这一年多来，天惠很少提到文英和惠惠，以及那个人。他也不敢问起她们母女，尤其是惠惠。他疑心女孩子会倾向于母亲那面的，惠惠会因为文英的遭遇而同情母亲，看不起父亲，文英说不定对女儿常常数落没出息的爸爸呢！他想起来就有点儿伤心，但是随着天惠的笑容，他也就忘了。他凭什么要贪图那么多呢？他几时又疼过惠惠？说实话，他是比较疼儿子的，也许天惠还记得这些，所以才难忘于他？只要有一个天惠不至于失去的话，他也就够了。如果惠惠也真的来了，那是给他意外的惊喜，是他所不敢奢求的。

他遇见文英，文英就是像惠惠现在的年纪，正读到大一的时候，文英的鼻尖有些翘，但很俏丽，充满了自信与坚决。他追求她，够无赖的，她刚进大学读一年，就和他结婚了，放弃了学业。只有嫁给他这一点，她失去了自信和坚决，恋爱是盲目的，一点也不错。

惠惠长成了，是文英的样子吗？有那样俏丽而自信的鼻尖吗？有多高？有现在前面进来的少女那么高吗？前面的少女？是的，前面的少女。她是多么娇媚，微红的两颊，俏丽的鼻尖，陪同她进来的是一个青年，唉！他的眼睛昏花了，那青年就是——就是天惠嘛，那少女是——也就是惠惠！

他有点手足无措，拿起桌上的烟，又放下，他站起身来，走到门边去迎接他们。他希望刘头儿让开路，唉，用不着那么屈躬卑下地带领着他们。他们会看见这里的，惠惠会看见这里的，会看见爸爸的。

惠惠

哥哥真是个坏东西,他跟爸爸竟是平起平坐的,我今天才知道。他怎么跟爸爸混得这么熟的?那样子简直要称兄道弟了!

刚一见到爸爸,哥哥还有点拘束,爸爸也是,那也许是因为我的关系。但随后哥哥就放肆起来了,他和爸爸,生啤酒一大杯一大杯地灌下去,然后,哥哥的眼睛红了,一直红到脖子根,胸口,手背,都是红的。爸爸就指点着哥哥,十分亲爱地说:

"这小子,酒量是越来越大了。"

没有一点点责备的意思。

哥哥呢,做出瞪眼瘪嘴傻笑状,大概他也许真有些醉意了。我说:

"别喝了,哥。"

爸爸安慰我说:

"没关系,惠惠,啤酒是发散的,所以,喝了脸会红得特别快,喝酒发散才好哪!"

但是爸爸的脸为什么不红呢?难道他的酒量大?他要喝多少才会脸红?他是喝了多少酒才跟妈妈离婚的?

这一顿饭从正午十二点吃到两点多才结束,大家要走了,站起来时,我又看着哥哥,我没有别的意思,我的眼神只是在询求哥的意见,我们是不是就向爸爸告别了?或者还有什么节目?比如走走公园,看看电影,甚至于到爸爸的住处去看看什么的。但是哥哥误会了我的意思,他斜头傻笑说:

"怎么样,写信报告妈说我跟谁学会喝酒了?"

"那可没准儿!"我也不甘示弱。

真的,我如果真的告诉妈说,哥哥在台中念了两年森林系,没学会种树,可学会喝酒了,喝得浑身像烹大虾,通红通红的。妈知道准要急死了,当然我是不会告诉她的。但是我确实该给妈写信了。一到台中是哥哥先写了封信,报告我平安抵达正在办理注册住宿的事情。

是星期四来的,星期五,星期六,今天是星期日,四天了,该写一封长长的、详细的信给妈妈,好让她在临睡前慢慢地一遍遍地看,像每次看哥哥的信一样的享受着。

拿出这本薄翼般的航空信纸来。

妈：

怎么接下去写呢？

我没有离开过妈，哥在没来台中入学以前，也没离开过她。记得当哥哥初来台中时，妈担心得什么似的，临走时嘱咐他不要骑车，不许他打太多的球，让他到八卦山去实习时，要留心树林里的蛇，哥哥不像是在听妈妈讲话，倒像是听一个小孩子说话，他笑着说：

"死不了，您放心吧！哪儿就轮到该上八卦山实习啦！您给排的课呀！"

现在轮到我了，又是到台中来进大学，这也是再巧不过的事。妈虽然习惯了哥哥两年来在外面独自的生活，但是当她知道我也将在大度山上度过四年大学生活时，确实是很舍不得的，她在言语中也很希望我放弃保送再报名联考。我不是也很想放弃的吗？也是为了舍不得妈妈的呀！但是哥哥力劝和自己懒得再准备功课，就一狠心决定到台中来了。

这时却想念妈妈了。真想念。她在做什么呢？和爹爹在院里乘凉聊天吗？爹爹是不怎么讲话的，每天晚上我和妈妈在絮絮叨叨地谈，爹爹就在屋里看他的工程书——一个严肃而负责的人，热心公务，与人无争，在工作上、为人上，是得到褒奖和赞扬的人，但是却不能赢得他继子的亲近。

哥哥说过不止一次了，"总觉得他缺欠点什么，你说是吗？惠惠。"

也许我们不应该太苛求一个并不是亲生我们的父亲，哥哥的这种感觉如果无节制地流露出来，那对于妈妈总不是一件顶好的事情，我不愿这样，所以我说：

"哥，不要这么说好不好？他并不缺欠什么，而是我们缺欠了什么……"

"我们缺欠什么？"哥哥急了。

"哥，我们不过是身体缺欠了他的血，所以哥你才……哥，有些事要客观地想一想……"我虽然这么说，但是哽住了。

我知道，我们都敬爱母亲，但是心情在某些时候是很寂寞的、彷徨的，尤其是哥哥。他是一个男孩子，在家里却没有给他鼓励、给他快乐和跟他亲热的男性。看他今天和爸爸的情形是多么的不同，那样放任、那样豁达、那样快乐。在台北我们家里，我从没见他这么开心过！

哥哥现在是快乐的、健康的、安全的，我应当写信告诉妈妈，我的见证，可以使妈妈得到安心，知道她的儿子两年来在外面的生活是不必担忧的。但是我应当怎么告诉妈呢？

我先这样写：

哥哥在我到台中那天，已经写信报告您了，我很好，您别惦记。一切入校手续都办好了，也搬进了女生宿舍。林姨介绍的牧师办公室的吕小姐，也见到了，她像林姨一样，说着清脆悦耳的北平话，和蔼地照顾我，问我需要什么。其实妈您知道，我不需要什么，只是想您。我希望我的思家病，很快地好起来，能像哥哥一样地过着快乐的日子。快乐时日子会缩短的，四年就不至于有煎熬的感觉了。妈您说是不是？

大度山的风大，我刚来三天，还不大觉得，也因为还没上课，整天都和哥哥在台中玩的关系。今天中午和哥哥到一家小馆子吃螃蟹，哥哥学会了喝酒，他好开心，您猜我们在小馆子里和谁在一起吃饭？……

真的要这样写下去吗?再想想,妥当吗?哥哥中午曾说"怎么样,写信告诉妈妈我跟谁学会了喝酒吧"是什么意思?或许他真有意要由我来透露给妈妈,我们和爸爸会见的事。哥哥已经找到爸爸一年多了,到了今天还没有告诉过妈妈,大概哥哥也很想向妈妈表露出来吧?这件事,总归要妈妈知道的。那么是由我来说吗?我应当从何说起呢?如果我说:

我们是和我们的爸在一起吃午饭的呀!

"我们的爸",这样的口气是会刺伤母亲的心啊!她会想:孩子们怎么亲热得和"他们的爸"在一起了?噢,原来他们还是倾向于他们的亲爸爸,对于他们的继父是一点情感也没有,说"我们的爸",不就等于否认公翰是他们的父亲了吗?公翰白疼他们了!……然后她会背着爹爹暗暗地流泪了。真是的,我不要刺伤她,不要为了我们有两个父亲而刺伤她,使她难堪。唉!难堪的到底是谁呢?应该是我们兄妹俩,有两个父亲的孩子!一个叫做"爸",另一个叫做"爹",真是的!

爹和爸是不同的两个男人。是妈妈所恨的和所爱的男人。但是有一点无可否认,无论是恨或爱,都是为了我们兄妹俩。为了"爸爸"不能善待我们,她更恨他;为了"爹爹"能够收容我们,她更爱他。我们怎么能使妈妈灰心呢!或许我可以这么写:

我们是和一个曾经是您的丈夫的男人吃午饭的呀!

这未免又有点玩笑性质了,似乎良知上有点儿对不起爸,仿佛撇开了我们和他的关系,只把他列入妈妈的关系上去了。我真奇怪,一个女人怎么能够下决心离开和她生过两个孩子的丈夫呢?——我不是怪罪妈,我知道,爸爸严重地伤害了妈,妈才下了最后的决心,我们都知道,一切妈的亲友也都知道,没有人会不原谅妈妈的再嫁。只是我自己想不出而已,大概这不是没有婚姻经验的人所能了解的。

妈妈很少提起爸爸,她只向我们提起过两次。

第一次是在妈妈再嫁的前夕,那年我十岁,对了,整十岁,还在高雄念小学呢。妈妈在收拾小箱子,她第二天要去台北,把我和哥叫到身边来:

"妈明天要到台北一趟。"

她向我们说,我们没搭腔,因为关于妈要和一位袁先生结婚的事情,表姨已经向我们说过了。现在她说要去台

北,我们已经可以感觉到她是去做什么。妈又问:

"知道我到台北做什么去吗?"

我们又没搭腔,既不说知道,也不说不知道。当时只觉得滋味儿不对,说不出的滋味儿,喉咙窒息住了,有东西塞住了。

她见我们不说话,向我们微微笑一下,又说:

"妈妈是去和那位袁伯伯结婚,嗯——天惠、惠惠,要说你们小,可也懂事了,跟爸爸过的日子,你们还记得吧?他那么没出息,喝酒、抽烟、赌钱,说一句都不可以,惠惠,记得你爸爸揪住我的头发的一天吧?"

我点点头。我当然记得,我为那凶暴的场面吓哭了,怎么不记得。妈又说:

"谁愿意离婚呢?谁又愿意再结婚呢?可是妈不得不这么做,你们俩多多少少也明白吧?明白吗?明白妈的意思吗?"

妈这样紧逼着问我们,眼里含着泪,我们不能再不搭腔了,但是我和哥哥确实仍是没有说话。喉咙堵住了,还是那原因。但是哥哥呆呆地点了点头,表示知道了,承认了,同意了。

然后哥哥终于迸出了一句话：

"您还回来不？"

"怎么不回来？"妈笑了，"我在台北安顿好了，就来接你们。"

"到台北上中学？"这是哥最开心的自身之事。

"是的，台北的中学难考，可是好。"妈说。也许是台北的中学诱引了哥哥的梦想，对于妈妈再嫁的重要，就被台北的中学之梦给冲淡了，哥是用功的学生。

第二次提起爸，是在哥念高三的时候。为了哥要买一副钓鱼竿，而"爹"买回来的却是一本韦氏大字典，他认为哥读高三了，不宜去钓鱼浪费时间，好好地念书，英文尤其要努力进修。妈妈要哥去谢谢"爹"，哥却不知哪儿来的脾气，把大字典向桌上一推，就向外走，妈把哥叫住了，含着泪苦笑着说：

"天惠！你不是孩子了，要明白，我离婚、结婚都是为了你们兄妹俩，记得你那没出息爸爸吧？我可不愿意你学他。爹爹对你是恶意吗？为什么……"

爸和爹，分别是这么清楚，但是哥不要听，他虽然停住了一下，但还是掉头而去。

屋里留下了妈和我。妈妈轻轻地叹了口气,对我说:

"也许你哥哥是男孩子,他不容易了解母性和女性,你或者能比他明白。"

我没有说什么,除了心疼妈,我有什么可说的呢!可是等到黄昏哥哥回来,却满脸堆了笑地走到"爹"的屋子里,我听他跟"爹"说:

"这本韦氏大字典正合我用,太好了,您多少钱买的?"

过了一会儿他出来了,若无其事地又对妈说:

"妈,碰见刘阿姨了,她请您晚上没事到她家聊天儿去呢!"

妈很高兴,"爹"也开心,晚饭桌上气氛融洽。但是我偷眼望哥哥,我觉得他老了十年,他只出去两小时,回过头来怎么就老了十年呢?他这两小时到哪儿去了?是到淡水河边那个钓鱼的老地方发呆去了吗?望着河水寻思了两小时,找到了答案?终于回来向爹爹致谢,向妈妈赔笑脸?他老了,哥老了,妈说得对,你不是孩子了。

但是我躺在床上的时候,却哭了,我哭哥哥老了,我哭我们都不是孩子了,应当孝顺爹爹,体贴妈妈。

果然自此以后,哥哥变得更乖巧了,他那样和颜悦色地招呼"爹",赢得了妈妈更开朗的笑容。但是谁知道哥却在台中上大学时,在茫茫人海中,找寻到六年不见的爸爸呢!

哥这回可有鱼钓了,中午爸不是还约他到什么地方去钓鱼吗?钓鱼竿子也买到手了吧?这个哥哥,真的是!他学了森林,可不上山种树,却跑到河边上去钓鱼。和一个白发苍苍、声音沙哑的老头儿。真的,爸为什么这么老?他不是才比妈大四岁、五岁吗?

十岁的记忆中的爸爸,是一个西装笔挺的中年男人,他那时留了一撮胡须,是为了漂亮;现在他也有胡子,麻麻碴碴的,是一种生活缺乏了家人照料的不整洁的胡髭。爸的头发也白了八成,而且,我不记得他是个沙哑嗓门的人,他和妈妈吵架的声音不是还把我吓醒了吗?

我们今天没有讲分别后的日子,我们完全讲的是快乐这方面的,关于他和我们分别后的情形,他已经和哥哥讲过很多了。

哥哥说,爸在和妈离婚后的一两年,仍沉湎于酒和赌博,直到他有一次得了急性盲肠炎开刀住医院,体力感到未曾有过的衰弱,生活感到未曾有过的贫乏。从那时,肚子上的一刀，不但割去了他的盲肠，也割去了他的盲目。他这才清醒过来，抚着创伤的身体和心情，投向新的生活。但是那时妈已经又结婚两年了。就这么，爸一个人默默地生活着，直到哥哥找到他。

妈是恨爸的，她从来都不提他，一心一意守着"爹"过日子，就仿佛她从没有过过去的那一段。妈妈的坚强和毅力，绝不是我所能做到的。也许一个女人，有过婚姻经验的，和没有经验的，不同的地方就在这里？男人可以使女人坚强起来，也可以使女人软弱下去，婚姻真是一件奇妙的事情啊！

但是，妈妈如果知道他们父子的重逢，也使两个人都重新找到生活，将作何感想？

看哥哥是多么倾心我们的爸！还记得哥的信上说：

……对于家庭，他是有亏职责的，但他是爸爸，我们不能原谅他吗？我们的身体里都流着他的血！……妈妈和他离婚并没有错误，他不是个好丈夫，起码对于当时的情形来讲。但也因为妈离开了他，才促使他重新做人……当爸在许多次来来回回讲着这些时，他都表示愧对妈，也感激妈。他看来比实际的年龄大,手由于酗酒,总是有些发抖,但他是一个多么富于风趣的人!他应当是一个艺术家的,"家"困住了他,所以他就变得那样了。他就是这么个性格,这么个人,但他是我们的爸。……

"我们的爸",对于哥哥是这样一件重要的事。但是,真糟糕!哥哥的几封信我都没有带来,留在台北家里的小箱子里,钥匙也交给妈了,她一打开来就会看见那些信的。妈会打开吗?

唉!真是,这个坏哥哥,他想由我来向妈妈透露这些事吗?我到底应当怎么写呢?

我也不要写。如果妈妈真的看见了哥给我的那几封信,就由它去好了,既不是我告诉妈,也不算哥告诉妈的,都没有责任,也好。

那么我来把这些信纸撕掉,重新写。我岂不是可以这么接着写:

……您猜我们在小馆子里是和谁在一起吃饭?原来哥哥在台中交了一位老朋友,他头发都白了,声音是沙哑的,但却是一个很有风趣的老人,是一位不事生产的艺术家,和哥哥做了钓鱼的朋友。他请我们吃螃蟹,有点儿酒量,哥哥也和他抿两口。他端起杯子来,手发抖,他说是酒害了他,但是浅斟却滋味无穷,当他知道这个道理时,为时已晚。但看样子,哥哥却能使这个伤心的老人得到些许安慰,他们很谈得来。……

啊,这样够了,够了!不能再写下去了,文字总是要含蓄的,也像酒一样,浅斟最好。

绿藻与咸蛋

曼秋给她的丈夫萧定谟开开门,接过来他的公事皮包后,便轻轻而又很兴奋地说:

"定谟,他真的来啦!"

"谁?"

"傅家驹,我前天跟你说过的呀!"

"哦——"定谟没再说什么,一直往卧室里走,曼秋小鸟依人地跟在后面进来,把公事皮包放在桌上,又对他说:

"人在客厅里,你换了衣服马上来吧!"

"我还要洗澡呢!"定谟低头换拖鞋,头也没有抬地说。

曼秋听丈夫说话的语气,稍微一愣,但是因为没有看见他的脸,不知他真正的表情如何,她只当是自己敏感,

便若无其事地预备回到客厅去陪客人。但是她的脚刚迈出了卧室门,听见定谟又发话了:

"水呢?"

她不得不回转身来。看丈夫全身光着,只穿了一件内裤,拿着一条洗澡毛巾,直站在卧室的中央,像个任性的孩子。她觉得好笑,也有点生气,不禁皱起了眉头:"咦!叫阿兰给你倒嘛!"关于洗澡水的事情,本来用不着曼秋亲自动手的,每次只要喊一声"洗澡",阿兰就会全预备好,今天怎么啦!是嫌早晨的荷包蛋煎老了?还是因为看她的老同学来了故意的?处处犯别扭劲儿!曼秋想着,不由得绷紧了脸往客厅里走,可是一进客厅门,她立刻把脸松下来,笑脸迎着客人说:"他洗个澡就来。"

"好的好的,不忙!"傅家驹虽然嘴里这么说,眼睛却又看了看腕上的表。这时忽然一声粗暴的声音喊阿兰,"等一下",阿兰咚咚地跑到客厅来:

"太太,先生叫你去一下。"

曼秋不得不又向老同学告罪一下。到了洗澡间,定谟只是很简单地说了两个字:"衣服!"曼秋到卧室的壁橱找衣服时,不知怎么忽然想起了弟弟的幼年,他是一个很能折磨人而又被宠惯了的孩子,他能把母亲折磨得掉下眼泪来,可是也舍不得打骂他一下。她记得有一次弟弟洗完澡还坐在木盆里不肯起来,他要母亲拿衣服,这一件不对,那一件不对,直到母亲含泪把五斗柜的一大抽屉衣服整个端到弟弟的面前。……曼秋拿好衣服又去洗澡间,一进门,看见热气腾腾的朦胧中,丈夫光着身子坐在小竹凳上,在那里倔强地等着衣服,曼秋又想到了弟弟,不觉扑哧笑了出来。

"笑什么?"定谟很不高兴,从平板的面部表情可以看出来。

"背后还有肥皂沫呢!"其实并没有这么一回事,她只是借此掩饰罢了。她拿起毛巾在他光滑的背上故意地擦了两下,又低声说:"快点来吧,客人刚才就要走了,他六点还有人请吃饭呢!"

洗澡间的热气把曼秋的脸熏得通红,鼻尖还冒着汗珠,两手也是湿漉漉的。一走进客厅就做着无可奈何的神气,挑起眉尖微笑着说:"男人总是这么麻烦,是不是?"

傅家驹没有说什么,却微笑着对她注视。其实他是在欣赏一个女性的变化,她原是大学里的一个活泼的女郎,嫁后光阴却使她变得如此依顺她的丈夫。他也许还有一些别的感触，但是他的注视却使她更难为情了，她生怕这位洞察人生的作家会看透她自从丈夫进门后的这一段心情。

这时定谟进来了，曼秋为他们介绍，定谟真不够大方，虽然和傅家驹作礼貌上的握手，但是并不热烈，也舍不得说一些敬仰的话，像什么"久仰大名"呀！"大作时常拜读"呀！他虽然对文学是门外汉，但是她曾跟他提过的，说她的老同学傅家驹现在以笔名"罗嘉"而享名文坛了，他难道忘了吗？他冷淡的态度，好像在接见一个不相干的人，而且也不关心对方是干什么的那种样子，他只对客人伸手做让坐的姿势说："请坐请坐！"客人还在谦让呢，他自己倒先不客气地坐下了，那神气就像告诉人，"这是我的家，我的太太。"

两个男人之间似乎找不出什么话题来开始交谈，作为丈夫的这个，随手举起了晚报。曼秋心想，纸幕一隔，这屋子空气将更趋冷酷，于是她在丈夫的眼睛还没接触到铅印字时赶紧说：

"定谟，我请家驹明天晚上来家吃便饭。"

"哦？好极了！"这话是冲谁说呢？他不像是主人，倒像是个旁观赞助者。

家驹这时也起身告辞了,定谟立刻站起来:"不坐坐了么?"

送走了客人,回到屋里来,阿兰已把晚饭摆上了桌。两个人吃着饭,只听见汤匙碰着汤碗,银筷子轻点着饭碗,是银器打着瓷器的声音,却听不见人的说话声,这实在打破以往的惯例。平常饭桌是他们夫妇俩交换情报的地方,各人一天的所闻所见,都是在饭桌上报告给对方的。就像傅家驹要来的这回事,不也是前天在饭桌上提到的吗?据曼秋说,原来小说家罗嘉就是她的大学同学傅家驹,他的长篇小说《花环之爱》已经出到第四版,并且得了一笔文艺奖金。他最近才知道曼秋也在台湾,便寄了一本短篇小说集来,并且说他不久要来台北,会来拜访她。这些话定谟听了并不在意,曼秋是喜爱文学的,虽然她在大学读的是教育。他对文学这一门却可以说是一窍不通,他装的是一脑子化学公式,而且他最近更对绿藻的研究发生兴趣,他虽然和朋友合资开了一家香皂公司,但是他的本旨还是在微生物化学上。

他们的家庭生活非常融洽,世俗所称"模范夫妇""夫唱妇随"，他们都够资格。他并不需要太太懂得化学什么的，但他做出来的香皂、香水、香粉，太太都是第一个品定和捧场者；他不懂文学也无大碍，著名的小说一出笼，他总是先买回来给太太，虽然他自己并不要看。

也许事情就糟在女人的沉不住气。在前天的饭桌上，他们谈到傅家驹是作家是老同学的话，谁知曼秋最后又忍不住多说出一个名堂来："真可笑！傅家驹还追求过我呢！那时给我写了许多诗。"

"哦？怎么没听你提起过？"定谟不由得问。曼秋是个漂亮的女孩子，追求的人当然很多，当年追求的都是些什么人，曼秋差不多都向定谟提过，可是怎么就没听说过这位大作家呢？

其实曼秋并不是故意隐瞒的，实在是对于当年傅家驹的追求并没有放在心里，所以连提都忘记提了，她几乎忘得干干净净了。可是现在傅家驹成名了，那追求的回忆，便仿佛对她有些说不出的意义，或者可以说是女性的一点虚荣心在作祟吧，她竟无意中把这段过去又翻出来向丈夫——可以说是炫耀了一下就是啦！

如果不是曼秋的自白，也倒没什么，就是坏在这么一说，当天晚上，定谟竟好奇地拿起《罗嘉短篇小说集》来，这在他确不是一件寻常的事。他随便翻开了一篇题名《孤独者》的看看。这篇小说是说一个孤独的诗人隐居在观音山下，有一天一位女游客受伤昏倒了，村人把她送到离出事地点最近的诗人的小屋里休息。诗人正采菊东篱下，当时没在家，等他回来时见床上躺着一个昏睡的女人，桌上压着一张纸条。是女客的同游伴侣们所写的，是说请主人原谅冒昧，并请招呼这位女客，她吃过药睡一会儿就会好，醒来可以告诉她，她的游伴们在距此南去约十分钟路程的大树下野餐。诗人看看床上的睡美人，竟发现正是他多年梦寐追寻的爱人，他把野菊插在瓶里，供在床前小桌上，又从箱底取出当年的诗稿来，然后他静坐着，读着旧诗稿，回忆着当年写诗的经过……虽是一篇传奇性的故事，便是笔触之美，可也捉住了这位化学家，他一口气看完，合上了书在想，他不得不承认这是一篇杰作，好在哪里？就是曼秋常说的——"气氛"太好了！可是，如果那孤独的诗人是作者的化身的话，那多年不见的女游客又是谁？定谟的心也起了一种说不出的"气氛"，那股"气氛"从鼻孔直冒出来，是 Acid，酸性的！

他看后不声不响地把书放回原处——曼秋的枕头底下,只当他自己没看见,实在他也真后悔他曾看见。

曼秋洗完澡回到床上来睡时,高兴地哼着歌,他听出那是她读的大学的校歌调子,他下意识地觉得她是在回忆学校生活,和那个同校的诗人的生活!

这是前天的事了,而就在今天,这位观音山下的孤独者终于追寻到他多年不见的人儿了。这时在只听见瓷碰瓷的饭桌上,终于定谟先忍不住了:

"你这位同学是干什么的?"他明明知道,可是故意这么问,当做是一个来历不明的客人。

"咦!我不是跟你说过,他就是当代名作家罗嘉呀!他那本《花环之爱》,还是你给我买回来的呐!"

"哦!我倒忘了!敢情是个耍笔杆儿的!"他不屑地说,然后又想起来加一句:"你说他住在哪儿?"他问这话是无意中的有意。

"成子寮。"

"观音山的那个成子寮?"

"不错。"

那就真的"不错"了——他考证那篇《孤独者》的真

实性,结果证实了。那篇小说虽然是假的,但作者的心情却是真的,这孤独者,他一直在追寻他的旧梦,这下子可真叫他追到了,没在观音山下的小木屋里,却在鸿昌香皂公司经理的公馆里!

他本来买了两张电影票,预备今天饭后请太太看《野宴》去,但是"孤独者"的来临,把他们的局给扰了,两张电影票乖乖地贴在定谟的上衣口袋里,他摸也没摸一下。

"关于他的生活,这本短篇小说集里,有几篇很有趣的描写,你可以看看。"

晚上临睡前,曼秋从枕头底下把罗嘉短篇小说集抽出来,扔给定谟,但是定谟假装困得要死,努力地打着哈欠,看也不看一眼就把书放回小桌上的台灯旁。

一个人无论到了多么大的年纪,只要和老同学在一起,立刻不受年龄的限制。不管已经离开学校多么久,严肃的教授也会淘气,五个孩子的胖太太也成了小姑娘,开百货公司的大腹贾也恢复"干猴"的外号。在曼秋所安排下的欢迎傅家驹的宴会,简直可以说是同学会,全部是曼秋的同学,定谟例外。

他们在饭桌上毫无顾忌地互相开玩笑、揭疮疤,一派天真，把当年认为不可道破的事情，全部公开出来，就连曼秋如何偷偷地每星期到上海去和定谟会面的事，也揭发出来了。曼秋看来很开心，眼溜着定谟害羞地笑。定谟这时也以优胜者的姿态被人灌下了三杯酒。

这时不知什么人想起了一件陈年老事：

"小傅，你还写诗不？"

这话刚一说出口，惹起了哄堂大笑，傅家驹也多喝了两杯酒，两颊绯红，很难为情地阻止说："今天不许说这个！"

这里面似乎有一段在座人都晓得的"尽在不言中"的故事，只有定谟莫名其妙，但他也可以猜得出那故事的意义。他不由得侧头向曼秋溜了一眼，曼秋这时正摆弄刚端上桌的一盘菜，她企图用活泼的尖嗓门转移谈话的目标，所以不断地喊着：

"吃菜吃菜，大家尝尝我自己腌的咸蛋！"

大家吃着蛋，交口赞誉，曼秋却自谦不善烹术，腌出来的蛋从来没有膏油。这时大家的谈话兴趣转移到烹饪术上，女客们的话也多了。

"也许有一天太太们不再为烹饪术所苦。"是定谟开口了，曼秋知道定谟预备说什么，她抢嘴先作一番介绍：

"别以为定谟就只会做肥皂，我们的微生物化学家现在潜心研究的实在是绿藻。"

"绿藻？"人们想不到绿藻和化学的关系。

"隔行如隔山，定谟，把关于绿藻的起码常识讲给他们听听！"不用说，曼秋是有意捧丈夫的场，她实在也一直敬他爱他，否则当年也不会老远的一星期跑一趟上海，去找那个埋头在化学实验室里的男人了。在这个丈夫陷于"孤独者"的场合里，要把丈夫不同凡响的地方，高高地举出来，太太的用心良苦可以想见。

提起绿藻，那比鸿昌香皂公司的年红更能使定谟来得兴味浓，他说：

"我的太太嫌她腌的蛋膏油不够，这使我想起有一天我们人类的饮食将以绿藻代替，太太们就可以不必再为腌蛋伤脑筋了。因为绿藻这东西，现在科学家已经分析出，除内含百分之五十的蛋白质外，还有脂肪及维他命等，如果经过特殊的培养，脂肪的含量可以达到百分之八十五。它除了可以吃以外，还可以做燃料，代替人类不久的将来即将用光的石油和煤炭。还可以制药，制染料、肥料等等。"

听的人果然啧啧称奇，听得津津有味，忘记吃咸蛋了。定谟并强调说："研究绿藻比研究氢弹对人类更有价值和意义。"

"为什么？"有人急着问。

"有了绿藻，战争将无从发生，因为人人都有饭吃了，战争还有何意义？所以——绿藻是战争的敌人。"

"了不起！可是我们上哪儿找这许多绿藻吃呀？"

"绿藻的繁殖很快，一天可以分裂两次半，它只需日光、空气、水和少量廉价的药品。拿一英亩的地盘来说吧，普通农作物平均生产不过两吨左右，但是绿藻却可以得到二百吨！将来有一天，每家的屋顶开辟一块可以晒到太阳的绿藻培养池，这一家人就可以取之不尽，食之不竭了。我们将和绿藻共同生存，繁殖在这世界上，一代代地下去……"

"我们将像养在玻璃缸里的金鱼和绿藻一样，共存共荣！"有人插嘴，引得满屋笑声。这时五个孩子的胖太太更开心，她说：

"对！我最赞成。别看我是学家政的，我家先生总嫌我菜烧不好，有时我真赌气想炒一盘石头子儿给他尝尝！好了，现在可好了，我们大家都要吃绿藻了。但是，萧先生，在我们人类的饭桌上，几时才可以看见成盘的红烧绿藻端上来呢？"

"那只是时间的问题，我想起码在我们子孙的饭桌上，总有一天会实现的。"定谟幽默地回答。

"唉！"胖太太摇摇头，她嫌太晚，很失望。

晚宴就在这样快乐的谈笑中结束了。可是定谟并不完全轻松，当他回到卧室就寝时，又看见床前小台灯旁的那本短篇小说集了，他想起了饭桌上客人开那位诗人的玩笑，那玩笑对于他和曼秋不是完全不相干的，他知道。他把书的封面翻转来扣在桌面上。他不要看。

宴会的第二天下午，定谟下班回来，却不见曼秋，他问阿兰："太太呢？"

"太太和那位傅先生出去了。"

"哦——"定谟的那种气氛又来了，他坐在客厅里吸烟，闷声不响，阿兰把洗澡水早就预备好了，也任它凉去。

他们此刻在哪儿？幽暗的咖啡室角落里？黑暗的电影院里？他觉得他的想法未免太糟了，可是又禁不住要往这方面想。他甚至有了这种念头：文人无行，尤其写小说的，感情随时可以泛滥……一直到院子里响起了清脆的高跟鞋声,他才从胡思乱想中醒转来。曼秋满面春风地进来了,定谟假装完全不知道的样子,毫不在意的,话从叼着烟的嘴缝里抖搂出来:"到哪儿去啦?"

"傅家驹要我上街陪他买买东西,物价直在涨呀!"曼秋很痛快地回答。她这时已脱了旗袍,只穿着露背的衬裙,走过来,从椅子后面把手弯过来,搂着定谟的脖子,俯下头来,亲昵地悄声说:"吃完饭去看《野宴》好吗?"

在往常,他一定会顺势把她搂在怀里了,可是今天他没这么做,他的心中忽然起了一阵嫌恶,他想她和傅家驹在外面玩够了,回来只轻描淡写地带两句,还把快乐的余味来送他分享,他才不要呢!这念头很快地从他心头一掠过,不知怎么,嘴里就迸出了这么一句话:"你倒还有这种余兴!"说完他也觉得自己语出不明,可是捉不回来了。曼秋听了直起身子来,侧着头疑惑地也跟着念:"嗯?余兴?"

"我今天太累了,现在要去洗个热水澡,早点休息。"

他岔开自己的出言不妥,同时起身往卧室去,换衣服的时候,他把两张万国的电影票,塞进皮夹的小夹层里。

过了两天的下午,定谟回家来,一进房门就看见曼秋

在微笑着展读一封信,桌上放着一个篮子,定谟过去打开来看,是满满一篮黄泥裹着的鸡蛋。定谟问:

"哪儿来的?"

曼秋没有回答,却含笑把手中的信递给定谟,那上面写着:

曼秋同学:

  台北小聚蒙贤伉俪招待,甚为愉快。又承你陪我上街为我妻及小儿女们挑选衣料,妻非常满意,要我谢谢你。这次能见到许多老同学,尤其是认识定谟兄,真是人生一乐事。我回来把"绿藻"的故事向太太翻版了一下,她在静聆之余,向我提议一件事,她说在绿藻尚未爬上人类的饭桌以前,请你们先尝尝她手制腌蛋,并嘱我转告,蛋未腌前先置日光下暴晒,腌后自然会有膏油矣!兹趁村人入城之便,带上一篮请笑纳。此祝俪安。

罗嘉上

"啊——他原来有太太呀?你你你怎么没说?"定谟看完信后,惊异地怪声喊着说,那声音是从多日郁闷中解放出来的。

"怎么？人家孩子都好几个了。咦？难道你没看，我告诉你有几篇描写他的家庭生活的文章？"

"看了，"定谟走到曼秋的背后，两手紧紧地握着她的两肩，低下头来轻声在她耳旁说："我只看了那篇《孤独者》。"

曼秋回转头来奇怪地直望着定谟的脸，然后抿着嘴笑了："怪不得！"这句话似乎有两种意义。

"对了，"曼秋刚要到厨房去，定谟把她叫住了，从口袋的皮夹层里拿出两张票子，举起来晃了晃，"吃过饭去看《野宴》吧，今天是最后一天了。"

曼秋没有接过票子，却伸手把他嘴里的香烟取下来，把身子凑上去，在他唇上轻俏地一吻，然后调侃地笑说：

"你倒还有这种余兴！"

晚晴

✦

一

天暗下来了,远处传来隆隆的雷声,暴雨终归要下一场的,天气本来也太闷了。但是大家担心的是他们的主客姚亚德,为什么这时候还没来?不要等下被暴雨阻在什么地方。

这是李处长的家。大家都在客厅里谈话,等待着最后最重要的客人,茶房进来问,现在要不要就开饭,李处长摆摆手说:

"别忙,主客还没来。"

大家也都看着天色怀疑地问:

"姚主秘今天怎么啦,像一座钟那么准确的人,竟也有走慢了的一天。"

他们习惯称姚亚德作姚主秘,因为他是这机构的主任秘书,不,他曾经是主任秘书,现在却调到保管委员会做主任委员去了。是个闲差事。大家都说好好先生姚亚德是到保管委员会被冷藏起来了,因为他是在前年换局长时刚刚调开的,错觉的谣言就随之而起了。其实他和新局长是同学,而且把他调开也是在新局长到任前三个月的事,和这件事本是毫不相干的。不过,当时人们对于他忽然请调,感到很突然就是了。

雷声近了,像是从宇宙的那一边滚滚而来,到了这边所发出的声音,好像愤怒得要把这边的天空劈开来。跟着,雨就从那劈裂开的天空倾落下来,姚亚德也在大雨中进了门。

姚亚德向在座的人道歉。他是昨天从台中来的,他离开台北有一年多了,老同事中多半一直就没有再见到过他,所以都趋向前来,和他热情地握手。他们发现他瘦了些,老了些,但人之常情是不便说的,所以大家反而笑着说:

"姚主秘,你还是那样,没有变。"

"没有变?"姚亚德和善地笑了,摸摸自己的嘴巴,"人总是要变的。"

"喏,"姚亚德又指着站在面前曾是他部下里最年轻的一个说,"巴文,一年不见,结婚了,骚胡子也留起来了!"

巴文笑了,虽然蓄了两撇克拉克盖柏尔式的小胡子,但仍掩饰不住他的青春气息,留胡子倒像是一种小孩子淘气的行为。在姚亚德没有离开台北前,巴文还没有结婚,他们是同住在一个单身宿舍里的。他很喜欢巴文,常常和他闲谈、下棋、散步。巴文是北方人,他不说"闲谈"或"聊天",总是用那北方人可爱的粗犷口气说:

"找咱们主秘聊大天儿去!"

在姚亚德没有来以前,李处长就跟大家闲谈说,姚亚德比一年前在台北似乎精神差一些,想想看,精神怎么能不差呢?得到太太死在大陆上的确实消息,唯一的女儿才十五岁,不知下落。不过现在可好了,女儿已经有了消息,而且可以到台湾来团聚,这是一件事;另外一件事是李处长太太正要给姚亚德介绍一位女朋友,说不定可以成功,因为一直不肯答应再结婚的姚亚德,已经被李处长太太说服了,这是李氏夫妇引为得意的事。而且说,姚亚德此番北上,说是为了保管委员会公出,那才瞎扯呢!相亲才是正事。

听了李处长的话，人人的脑子里就浮现了对于姚亚德想法不同的影像，他们想，在这两种不同的情绪下——太太死在大陆的打击和即可能再结婚的兴趣，到底使姚亚德变成什么样子了呢？

当他们发现走进来的姚主秘确是老了些、瘦了些，也就只好说他"没有变"了！但是姚亚德却一定要说"人总是要变的"。

这时李太太也从内室出来了，姚亚德和李太太的哥哥是要好的同学，所以，他和李太太有时也开玩笑的：

"呀！越来越年轻了！"

李太太很爱听，但是她也回敬了一句：

"你当然要奉承我呀，因为……"她转过脸问大家，"你们知道不知道我要给你们主秘大人介绍女朋友？"

姚亚德倒不好意思起来了，他连连地说：

"别在小弟弟们的面前随便讲啊！"他又对大家说，"真正没有变的是李太太，她总是使人想到她念中学时的那个样子。"

这样打岔过去了，李处长也在餐厅那边请他们入席。

酒席是够丰富的，台北的馆子也有风气，今年是湖南馆子正当时,大盘大碗大筷子,大气派,一桌席的价钱也大有可观。但是他们知道姚亚德没有什么嗜好,规规矩矩的君子,只是喜欢吃吃馆子喝点酒,还有一壶好茶。今天是叫的天长楼的菜,最当时的湖南菜里最当时的馆子。

姚亚德的情绪好像不坏,大家的酒量和食欲也都很好,尽管外面是倾盆大雨,餐厅里还是蛮热闹的,姚亚德喝了酒,话题也多些,端起酒杯,他感慨地说,四川的茅台,北平的莲花白,就不必谈了,在眼前,倒不如研究公卖局的绍兴酒或者黑啤酒。他的脸稍稍地红了,散发着光,看起来比初进门时好多了,好像又恢复到一年多以前住在单身宿舍时的样子。

在一般年轻职员的心目中,姚亚德是一个最平易近人的上司,他有兄长般的和善,又能和青年人谈他们所喜欢的话题,这也许是和他在台湾一直独身而且又和一群年轻小伙子同住单身宿舍的关系吧!他虽然打不动篮球了,但是乒乓球或羽毛球却也能玩玩,不像其他年长的上司,家和官阶像一条沟渠,隔离开上司和部属。

在这一点上,巴文的感觉尤其深,他敬姚亚德的酒,望着对面这位老上司兼兄长,不由得发了一下愣,脑子里忽然想到一件不该想的事情上去了：黄昏的散步，巷口外的小女孩，姚亚德的呓语……但很快的，巴文摇晃了一下自己的头，是要把所想的事从脑子里甩掉。他再举起杯子来敬李处长。

李处长放下了酒杯，忽然看看房顶说：

"亚德，你记得这房子原来的样子吗？"

姚亚德抬起头四处望望，感慨地说："在所有的变化中，它的变化恐怕是最大的了！"

"你看这间屋子原来是……"李处长要姚亚德回答。

"它——它好像也是我们那时的会客室，不是吗？"姚亚德索性从酒席中站起身来，这时大家都已经吃好了，退到客厅里来。顺便的，李处长领着姚亚德和巴文等人到各房间看看，因为他们都曾经在这栋房子里居住，那时这里是单身宿舍，单身的陆续结了婚搬出去，姚亚德又调到台中去，单身宿舍冷落了，后来便大事修建一番，改成李处长的公馆。

这时雨已经停了，远处的天空有一道虹，院中花草上的雨珠还在滴落，铺了水泥小径的两旁是草坪，被雨水洗过了，真青，真绿。他们都陆续地走向院子里来看天上的虹，看草上的水。不再闷热了，喝了酒的男人们也需要散发散发酒气。

李处长指着草坪右面的房间对姚亚德说：

"亚德，你的房间，你猜我现在做什么？"

"做堆房。"姚亚德随便地说，因为那不是最好的房间，当初他只是喜欢它坐落在右角上，可以和那些小伙子们离得远些，免得那些年轻人的高谈阔论影响他读书时的安静。

"哪里，"李处长也有一股孩子气，"那是我自己的小房间，连太太都不许进去。"后一句是用手捂着嘴小声说的。

"你在里面干什么呀？"姚亚德也仿佛含着坏笑地问。

"光膀子、抽雪茄、看书、写他妈的报告，都在你那小屋子里。亚德，我现在才明白你当初为什么就喜欢这么一间小屋子，敢情是真有意思！它的位置是隐藏的，使我受不到'家'的骚扰。"李处长也是北方人，粗声大气和巴文是一类型的，他虽然居留国外多年，但还是喜欢说两句带脏字眼儿的中国话。

"家的骚扰？！"姚亚德听了，微微地笑了，提到家，他有一点感触，一个不相干的联想，在他脑海里晃了一下。

"家庭中的单身汉房间！"李处长又注释了一句。

"那房间的确不错。"姚亚德走向他的旧居去。窗子已经换了草绿色的尼龙网,他想说,坐在窗旁的藤躺椅上,看窗外相思树叶的摇摆是一件高兴的事,但是他发现窗前的那棵小相思树没有了,铺上了草坪,靠窗两边的墙下种植了美人蕉,淡雅的情调没有了,换上了浓妆。他知道美人蕉是繁生的,它能在不久的时间,就密密麻麻地长满了墙边。但他还是对现在的主人说了:

"还有几只会叫的壁虎,不知道每天陪着你不?"

"这倒没注意。"

姚亚德心想,你毕竟还是没尝过寂寞的生活,所以你不懂得观察壁虎的心情。年轻的一群回到客厅去了,他们在准备打桥牌,巴文要姚亚德加入,说还是和他老搭档,但是姚亚德拒绝了。他毕竟不是一年前的他了,他说得并不错,人总是会变的,看,他竟变得对桥牌毫不关心了。

看年轻的一群上了阵,他也向主人告辞,李处长夫妇还要留他多坐一坐,不打桥牌,看一看也可以的呀!但是他推说还要去看几位朋友,并且向李太太笑笑说:

"明天不是还要见面吗?"

明天,是指李太太介绍小姐跟他见面的日子。李太太一听也就放了他,并且嘱咐他明天要早到,要等小姐,不要被小姐等。

走到玄关的地方,他坐下来穿鞋,看见下面横七竖八摆着几双年轻人的皮鞋,他在其中找出了自己的,听见李太太的嘱咐,他呆了一下,好像那不是对他说的,而是向其中一个青年人说的。"等小姐",对于他是怎样陌生的一件事啊!如果这是对他说的,他希望屋里的年轻人都没有听见,难为情极了!

未来的安排,也不知道会到什么地步?对于李氏夫妇的热心,他是由衷地感激,这总表示人们是这样关心他。但他对于介绍小姐这件事,到底有没有兴趣呢?他问自己。自从李太太提议以来,他一直认为那是一件不顶真实的事情,直到现在,听了李太太的嘱咐,他才意识到这确不是开玩笑的事了,因为"要等小姐,不要被小姐等"说明了它的重要。

他穿好皮鞋,轻跺了跺脚,这是毛病,一方面是要使脚摆正在鞋里面,一方面也是有跺去尘土的意思。然后他仰起脸来对李太太笑说:

"遵命!"

他知道太太们给男人做媒的脾气，她们比要找太太的人还热心，还急切，势在必成的心理很重。为了做媒，闹得不欢的事情也很多，这也许是中国特有的情形，男女社交的生活一直不能明朗起来，所以还残存着"做媒"的习惯，半新不旧的方式，常常就弄得尴尬和矛盾。希望李太太不要对他太急切了，失望的结果，是难免的啊！

他也曾想过，到底他是不是很想结婚成家？想的，一年以前就对家庭生活起了莫名的热望，才开始设法和香港的亲戚联络，千方百计地在大陆探寻妻女的下落。他的良心很受谴责，如果不是为了心心这小女孩，以及心心的妈妈，他也许到现在还不知道妻的死，和女儿秋美的现状。

啊！心心！心心的妈妈！姚亚德的眼前浮现了这小母女俩的身影，妈妈抱着心心，心心左手的食指含在嘴里，右手在向他招摆，然后妈妈扳过心心的小脸，向她的小嘴亲吻着，栀子花的香味从巷子的那一头传过来，香极了，心心的小嘴巴香极了，妈妈的亲吻香极了，他的心头也有一缕游丝在浮动，使他因了这一幅动人的图画而产生了一种错觉，脚步常常随着他的错觉走向巷子的那头去。

是啊！现在他的脚步竟又下意识地走向这条巷子来了。

晚晴

刚才在李处长家,他为什么要早早告辞出来?他并没有像对主人所说的理由,要去看几个朋友,他并没有看朋友的习惯,只有散步的习惯。也许刚才饭后在庭院里看景色,使他在无意中恢复到一年多以前在台北的习惯,饭后在院子里走动走动,然后就走出了单身宿舍的大门,在凉爽的黄昏里,随便走走,但他最后终于选择了向右面的小巷穿出去,再转到大街上,从左面的巷子向回走,原因是巷子头上的一家,有个名叫心心的小女孩,引起了他的兴趣。

二

第一次看见心心,是三年前的事了。那天姚亚德照例在单身宿舍吃晚饭。公家的饭是五点半就摆上桌的,几乎是在离开办公室乘交通车一回到宿舍,脱下汗湿的衣服,还来不及洗一把脸,就该吃晚饭了。

晚饭后离睡觉还早得很呢!小伙子们一个个都打扮齐整地出去了,看电影或者和女朋友约会。姚亚德常常想,年轻人虽然常常把不满现实挂在嘴边,可是实际的生活却也过得蛮起劲的。

姚亚德是个生活极有规律的人,他吃完饭先回到自己屋里来,男工已经给他打好了洗脸水。他洗脸还一直保持着一种自己的方式,就是把肥皂抹在手掌上,然后再把脸埋在手掌里,稀里呼噜地大洗一阵。这种方式还是小时候学从北方来的马车夫赵头儿的样子,当时是小孩子淘气好玩,谁知就成了一生的生活习惯呢!

他换了衣服,屋里点好一盘蚊香。然后走出来,把门倒关上，手里拿着一本要看的书，这一下子就要等到几乎三小时以后才进屋了。

整栋宿舍的单身汉差不多都走空了，恐怕连唱山西梆子的厨子老刘都没影儿了呢！他知道只有男工老陈是不会出去的，因为老陈和他一样，年纪比较大一些，不太喜欢动。常常是这样，他在自己屋外相思树旁的躺椅上看书，喝热茶，老陈呢，就在这院子的另一个角落呆坐着。他不识字，没法子看书，只有窸窸窣窣地修理着椅子呀，缝补着自己的衣服呀！老陈是个沉默不太和先生们讲闲话的人，只有他的乡亲来看他时，才有些话说。亚德希望常常有乡亲来找老陈才好，他觉得老陈太寂寞了，是一个老好人，从不埋怨目前的生活，看不出他的喜怒哀乐。这是不可能的事，一个从来没有离开家乡而且已经有了家室的人，不得不弃家离乡，到从来也不知道的这个海岛来独自生活着，日子长了，能不寂寞吗？何况老陈又是一个那样内向的人。亚德之所以希望老陈的乡亲常常来找他，也是基于一种同样是家在大陆的同情心。

姚亚德习惯地把自己投进藤躺椅上，扭了扭身子，安排好一个最合适的姿势，然后拿起书来。在眼睛还没有接触到书本上的文字之前的这一刹那,是亚德感官中最快乐的,因为马上就可以享受到他喜爱的作家的作品了。老陈是不是会有怀乡病,刚才饭桌上那些不合口味的饭菜,今天办公室中风传的那些变动,统统抛到脑后去了。他要感谢祖父和父亲在他幼年时督促他读书的好习惯,像宿舍这些自小就流浪的青年,就可惜没有机会得到他们父亲那一代读书人的传统习惯,时间在桥牌和泡女朋友里,不知浪费了多少!结果是女朋友交了一打也捞不上一个太太。亚德今天的思维有些游离,拿起书来,脑子里不由得联想到这些不相干的事上去了。他赶紧把书本打开。

昨天他在这本书上折了一个痕迹,喏,就是这里;他再接着读下去,作者在讲"罪"……

……在做人的一方面,正有许多罪常是难以发觉。我自己是个糊涂人,未曾知道做丈夫的道理,就有了妻子,未曾研究过儿童,就有了孩子。施朴克医生说过,不要对小孩子说"不许弄",最好把危险的东西移开,或者哄开小孩。我看到那句的时候,我的大孩子已经和我差不多高了。我现在发现他对弟弟妹妹过分严厉,就不免责备自己,知道这全是我对他说"不许"说得太多的结果……

我结婚已经二十年,到现在还不知道给妻子买化妆品等,我的妻子又忙,又一心照应孩子,所以有时要出外应酬,不是鞋子没有,就是少了大衣。我原不是个从来不给她买衣料的,可是买过一两次贵的回来,给她怪了几天,知道我做这件事不中用,所以就不买了。最近有一位朋友告诉我,即使挨骂,也要买,因为太太虽然骂,心里还是喜欢的。这时我才如梦初觉,已经错了将近二十年了……

姚亚德看到这里,不由得合上了书,放在膝头上,仰起脸来呆呆地望着对面人家那株耸入高空在摇摆的椰子树,他的脑子不能集中在书上,而在想着什么,想得太远了;他忽然想起为什么自从1950年或者1951年吧,他寄去一封信以后,就不再接到淑贞的来信了呢?从此音讯断绝,已经七八年过去了。算一算吧,他是1939年和淑贞在上海结婚的,婚后不久他就把淑贞送回娘家,自己跑到抗战的内地去,在昆明一住就是五年。胜利前夕回到家园,是安排地下工作,把淑贞接到上海。转过年来胜利了,淑贞也生下了他们的第一个女儿秋美。但是谁想到宁静的日子没有过几年，他就又匆匆离开上海到台湾来呢！算起来，和淑贞结婚也差不多二十年了，但是团聚的日子连四分之一的五年都没有！他有罪吗？像这位作者所说的？人家连买件衣服的事，都深具内疚，觉得对不起太太，他呢？他应该怎么说呢？

亚德觉得今天自己很特别，为什么总想些难得想到的事，而且给自己不断地加些罪。也许是昨夜没有睡好，帐子里有一个蚊子都不行，还有昨夜年轻的一群不知犯了什么毛病，桥牌打到一点钟还不睡，木拖板在榻榻米改装的地板上拖来拖去，都是使他不能安眠的原因。睡眠不足，精神就不济，他毕竟不能和那些小伙子比。

今夜要好好地补足了觉，提早出去散步吧。他站起来，把书本扔在躺椅上，便漫步走出宿舍。

老陈正在门口乘凉，果然他的老乡又来了两个，蹲在墙角和老陈谈着。姚亚德看见觉得很安心，他一直是愿意有人来找老陈的。他又想，也许他的同情是多余的，只是给自己心理上不安的一个掩饰罢了！

有一阵微风吹过来，香香的；他嗅了嗅鼻子，闻闻，真香，是栀子花。这里有栀子花吗？他向左右人家的墙头找，六片花瓣排成回旋状，白色的花朵带着黄晕，李笠翁《闲情偶寄》说所以喜欢它，是因为它仿佛玉兰，"惜其树小而不能出檐，如能出檐，即以之权当玉兰，而补三春恨事，谁曰不可！"亚德对于李笠翁的说法，却不以为然呢！栀子花的香气和玉兰并不同，玉兰花闻久了是臭的，栀子却不。

亚德一边闻着想着找栀子花，便不由得脚步向右面走下去，这和他每天到街上散步的习惯不同了，他每天是因为宿舍里太单调，想要到大街上走走，可以使他的心胸开阔一下，容纳一些世间众生相，以供他无事时谈话或者闲想的资料。但是今天他竟走入右面的小巷中追寻偶然闻到的栀子花香来了。小巷中果然有一个人家的栀子花树探出墙头来，谁说栀子花树小不能出檐呢？这种在台湾的日式木屋，低檐矮垣，绝不是李笠翁时代所指的那么高了。这条小巷，他难得走过，不知道前面出口通到哪里？应当和他每天走的路不至背道而行吧？他还预备在街上转角那家水果摊买个木瓜回去。

亚德在有栀子花的人家墙外，慢慢地走着，为的是多闻一会儿花的味道。这时他看见前面离巷口不远的地方，站着一个娇小身材的女人,抱着一个小女孩,背向着他,孩子的面孔却正对着他,小手指头含在嘴里,不懂得认生,另一只手竟向亚德招手哪!亚德笑了,他觉得很有趣,不由得脚步加快了些。小女人扳过小孩子的脸,红嘴唇吻向小女孩的嘴巴,并且紧紧地抱着孩子的颈。那个印在小女孩脸上的亲吻,比栀子的花味还香,亚德看呆了,有一种奇异的感觉,黄昏的色彩是浓郁的,也许是这浓而暗的光晕,笼罩在这女人和小孩的周遭,衬托得那么不平凡,亚德的眼光始终没有离开这目标,已经不知不觉地走到她们的面前了。

小女孩也就是刚会走路说话吧,他不知道这样大的小孩该算是几岁。小孩子在女人的怀中又直挺起来,直瞪着亚德,并且再一次地向他笑着。亚德觉得太有趣了,也向小女孩点点头笑笑,完全出自内心喜悦的笑,是报答小女孩在这刹那间所给予他的愉快。

他不知道小女人是这小孩的什么人,应该是母亲,才有那样挚爱的亲吻。亚德走出了巷子,走到了大街,脑子里还印着小女孩有趣的笑容。他在街角买了木瓜,不像每次那样讲价钱,挑毛病。买了木瓜,他很想依刚才的原路回来，但是觉得不太好意思，如果那小母女俩还在巷子里呢？如果小女孩又向他笑了呢？他该不该停下来，送给向他笑的小朋友这个木瓜？如果是那样的话，又算怎么回事，想了想，他的脚步改向左面走了，按照他往日的路程，避开了那条小巷。

回到宿舍，大门已经关上了，安分守己的老陈一定又会在院子里呆坐着，为什么他的乡亲们不肯和他多聊一会儿呢？他很怕看老陈寂寞的样子。回自己的房子去，一定要经过正房中间的客厅，那是公共休息和吃饭的地方，再穿过廊子，却听见哪间屋子有声音，原来是来自巴文的房间。收音机开着，在教英语会话。巴文却坐在书桌前写什么。亚德在巴文的窗口停了一下，举着木瓜说：

"要出国啦？这么用功。学完了会话来吃木瓜。"

巴文大概没料到有人停在他的窗前，所以连忙把手中的纸盖住了，抬头看见是亚德，难为情地笑了笑，点点头。

亚德也没想到巴文写的东西是不公开的，所以赶忙抱歉地笑笑向前走去，通过廊子，下到院子里，回到自己屋前的小天地来。

过了一会儿，巴文来了。刚才在屋子里，明明看见他

是光着膀子只穿一条裤衩的,这时却加了长裤和线衣,亚德不由得指着巴文的身上说:

"何必呢,大热天还是脱掉吧!"

亚德知道巴文是因为在上司的面前,不便太放肆,其实有什么关系,这个年头儿,这个热地方,也没那些礼貌的讲究了。也许巴文还不太明了他的脾气,以为上司平常在家里也是整整齐齐的装束,便不好打赤膊,但他们哪里知道他自小在旧式大家庭的生活下,是比较拘谨的,成了习惯也就没有办法了,但他并不要别人尤其是属员向他看齐,那是用不着的。

和巴文吃着木瓜,闲谈着,话题扯到英语会话上去,他问巴文准备得如何了,因为他听说巴文要留学去的。巴文耸肩笑了笑,显露着年轻人的纯真。

"您说是留学好,还是结婚好?"巴文摇着腿问亚德。

"哦——"这突如其来的问题,倒把亚德问住了。

亚德还来不及回答呢,第二个问题又来了:

"您说是结了婚走好,还是回来再结婚?"

"哦——"亚德又是答不出了。

是的,巴文有个女朋友,同事向巴文开玩笑他听说过,但不详细；也知道巴文有出国的意思，没想到成家和立业齐集于一身，于是他说：

"我们中国有句老话，成家立业，可见得是先成家再立业，还是先结婚吧！"

"先成家再立业，您讲的是我爷爷那年头儿的美事儿啦！"巴文喊着说，"我爸爸倒是轮到了，娶了我妈，交给我奶奶，他就到日本留学去了。他不用操心我大哥生下来奶够不够吃，要不要兼个差赚钱买奶粉什么的！那是大家庭制度下唯一值得我们这一代向往而不可得的事了！"

巴文摇着头遗憾的样子说了这么一大套。亚德听了，想想果然不错，先成家后立业早已不合今天的潮流，想想他自己吧！二十年来两次战争，使他的家庭破毁而离散，他怎么又劝人家什么先成家后立业哪！婚姻之事是一天天地困难了，前途和家庭，几乎不是可以同时兼得的。

"那么依你的意思呢？先留学？"亚德笑笑问。

"那——小姐飞了呢？"巴文做出一个很滑稽的样子，亚德不由得哈哈大笑了，这年轻人是朗爽的，善于解嘲，但是笑声的后面却隐藏着这一代青年的困难，要有多大的体魄，才能在这竞争生存的社会，独立地把两者都克服呢！

"所以嘛！伏尔泰借着某篇作品曾说过这几句话，我愿意供你参考，他说：'我看尽了世界所有珍奇美丽的东西以后，觉得只有家庭最好。我娶了一个妻子，虽然不久我便怀疑她的贞洁，但我还是觉得，这种生活比其他的都要快乐。'另一个哲学家，厌世主义的叔本华，他的一生所以不幸，最根本的原因就是他拒绝了正常的生活——女人、婚姻和小孩。"亚德这样劝解巴文，实在他自己也同意这种看法。

亚德和这个年轻人谈得很投机，他发现巴文是一个活泼而快乐的青年，正在攀登人生的山坡，要给他勇气，不要使他气馁。

巴文很注意听亚德说话，并且抿着嘴点头，颇以为然的样子。

"我就是在写信征求她的意思。"巴文向亚德吐露心事，"说实在的，我是出生在北方的大家庭，因此还存在着浓厚的家庭观念，就是您说的，成家的意念在目前似乎胜过一切。"

巴文说到这儿，停住了，心中若有所思，呆呆地望着地上一只金绿色的甲虫，他捏起它来看了看，又把它放了。

天渐渐地暗下来，蝉声停止了，老陈来送睡前最后一次的开水,并且把饭厅的灯打开。亚德该进屋了,因为他必须打开紧闭的门窗,蚊子已经全部熏死在屋里了,却要把蚊香的气味放出去。而且他还要放下蚊帐,整理一下明天要给老太婆洗的衣袜。衣服上失落的扣子,记得是放在空的蓝墨水纸盒里,许多年来,这一切家务琐事,都要他自己细心地处理,他惯了,但是近来却也懒散多了。他希望明天老太婆来时最好把熨好的衣服放进壁橱,不要随便扔在椅子上,他不是一直准许那可靠的老太婆处理他的衣物吗?难道她近来也懒散了?这总是女人家的事呀!

他猛一捻开灯,爬在书桌窗前玻璃上的两只壁虎跑开了,他打开窗,立刻一阵微风从铁纱窗吹进来,桌灯旁有几只垂死的蚊虫。

抹去桌上蚊虫的时候,他又想起巷子里小女孩被亲吻时的那幅美丽的画。为什么这么一个到处可以看见的小女孩,会使他今晚不断地想起呢?他猛地想起来了,啊,她不是正和自己初离开淑贞母女俩时的秋美差不多大吗?

十年了,秋美该是个亭亭玉立的姑娘了,他想象不出自己的大女儿大到什么程度,该是什么样子,在他的印象中,秋美还是个刚会走路说话的小女儿,就像小巷口的小女孩一样。

　　淑贞呢？他倒头在蚊帐里，今天好热，席是温热的，他把床头的灯关闭了，在无边的黑暗中，他轻唤着他的小妻子的名字。

三

晚饭吃得并不舒服。大概师傅老刘又在闹情绪了。豆腐干烧茄子，牛肉片炒不去皮的毛豆，巴文一摔筷子，却没敢大声喊，只咬着牙轻轻地说："这是哪国的菜嘛？"

有人搭腔了，开玩笑的语气："这是照国宴的菜单烧的，别不知足！"

又有人说："是在这儿，我没脾气了，放在十年前我在学校的大食堂里，早连桌子都踢翻了。"

巴文只吃了一碗饭，剩下的半袋空肚子，照例是等着过来的馄饨挑子再找补，但是他很不甘心地拍拍肚子说：

"还是结婚吧，"他又向着亚德，"姚主秘，昨儿个还是您说得对，先成家后立业，妈的，连饭都吃不好，还谈什么立业哪！"

亚德的火气毕竟小些，他躺在藤椅上，扇着扇子，微微地笑，这又能怪谁呢？他心里想，怪老刘吗？他又不是厨子出身，在山西他的老家，他也是地主之子哪！看，他

毫不在乎地去收盘碗啦,他也许知道先生们吃得不高兴了,但是他也有倔强的个性,好像故意的,他竟以快乐的声调唱起梆子腔来了:

"天子重英豪,文章啊啊教尔曹,万般皆下品嗯——唯有那读书的高啊——啊——啊——"

拉着长长尾音地来一句,很有威胁整栋宿舍的意味。生着气的巴文不由得笑了,问老刘:

"这是哪一出呀?大师傅。"

"秦凤云的三娘教子。小时候我们家的话匣子,唱片也多着哪!"

"再来一段,嗓子不错。"

受了夸赞的老刘,嘿嘿一笑,晚饭不愉快的空气,这样一来,总算缓和些了。

但是亚德这时的心情却很不安,他刚才把晚报从饭厅里找到,在触目惊心的一个标题"独身老科长投环"下,竟发现死者是他所认识的一位朋友,虽然只是没有来往的泛泛之交,但他却也知道一些死者的为人。为什么自杀呢?新闻里说,他在自杀前,像往日一样的安详,并没有看出他要自杀的迹象来。他近来的身体虽然有些不好,但是并没有痛苦到要命的程度。他和人没有仇恨，工作也没有什么不顺心，他并不穷，死后在箱子里还存着两百多美金。他的生活也还过得去，从窗口上摆着吃剩下的半个苹果可以证明。他从不涉足花丛，也没有恋爱的纠纷，那么他为什么自杀呢？新闻的最后说，他有妻儿留在大陆，他是独身在台……

亚德看到这儿，很不舒适地站起来，这是今天晚报的头条新闻，刚才在饭桌上，年轻的一群，并没有谈起，他们怎么会关心到这样一个人的自杀呢！报上天天有自杀杀人的，算不得什么。而那些记者呢，说这自杀是个谜，他应当没有理由自杀。但是在不安的情绪中，亚德似乎可以触及那自杀者的胸怀了，他着重在那条新闻中最不重要的一句话：死者妻儿留在大陆，只身在台。

这时不知哪一个拾起亚德扔下的晚报来看，似乎也在注目这大字标题的新闻，看后感慨地说：

"有人拼了命地求生存，有人却无缘无故地找死，我要有两百美金，还得多活两天，乐一乐！"

亚德听了很不顺耳，懒得搭腔，穿上香港衫向外走去，巴文问：

"您出去?"

"走走。"他漫不经心地回答。

出了门,栀子花的香气引诱着他又走向右面去,好像那是一个新开辟的路线,新奇而有趣。但是这时淑贞的影像又来到他的眼前。昨夜,他曾想过半夜,他觉得对不起淑贞。

也许他是一个冷漠的人,因为和淑贞相聚的日子不多,就不太有情感了?好像她是一个站在老远的远亲似的。但是昨夜淑贞为什么出现在他的迷梦中呢?只是因为老太婆不把他的衣物整理好,并且懒得去缝补那个失去的纽扣,他就不由得想起了淑贞吧!他对得起淑贞吗?

又来到巷口了,在绿色的门前,他再度看见昨天黄昏的小女孩。坐在竹车里,哭泣着,屁股一跳一跳地颠起来,脸上涂了泪和饭米粒。旁边该是个女工,年纪小,不太会哄孩子,只见她端着碗和匙,是在喂小女孩,又一边安慰着:"心心,不要哭,妈妈要买糖糖回来呀!"

亚德不由得走到跟前去,开心地问:"为什么哭呀!小妹妹?"

路人关心小孩子是常有的事,小女工回答亚德说:

"看见妈妈出去,所以哭。"小女工说着,拿着汤匙的手,指向前面。

"哦!"亚德漫应着,抬眼向前望去,小小的母亲果然和一个男人走着。"她妈妈和爸爸看电影去了。"小女工很多话。

"哦!"亚德又漫应着,眼睛还望着远处,那小小的母亲挽着她丈夫的手臂,亲热的,好像完全不顾小女儿的哭泣,两个人连头也不回,远去了。

"不要哭嘛!"亚德抚摸着小女孩的柔软的黄头发,"叫什么名字?"小女孩果然不哭了,愣着眼看亚德。

"叫心心。"小女工回答。

"心心,好听的名字,心心。"心心竟挂着眼泪向他笑了。小女工也笑了,他也笑了。

他很高兴,好像完成了一件好事,哄一个爱哭泣的小女孩使她不哭,并不是顶简单的事,他记得淑贞半夜抱秋美在地上来回走着,冬夜寒冷,淑贞起床披着他的大氅,小棉被裹着那个爱哭泣的秋美,不知道是不是太冷了,秋美不停地哭。他曾不高兴地对淑贞说:"怎么回事,我明天还要上班。"他确实很不耐烦那个哭声,但是现在他却在哄着这个叫心心的小女孩。也许他那时太年轻了,完全不懂得体贴,更不晓得疼爱女儿。就像前面走去的那一对父母一样吧?!

"等会儿我给你买糖糖啊,心心!"他一边用手势比着远处,一边走去,心心好像又怀疑又高兴地直瞪着他。

到大街上去,他果然守信用地买了几根棒棒糖。在西洋画报上,他常看见外国小孩吃棒棒糖的画片,大概这种糖果确是对于孩子极有兴趣,但是他很少看见中国孩子吃它。他买的还是洋货,两块钱一根呢!

他很热心地从大街上转回巷子来。但不知心心还在不在门前?如果不在的话,这几根糖,他岂不要带回宿舍去给那些大孩子们吃了?

还好,远远的他就看见那辆小竹车在摇动了,小女工来回推着车。他微笑地走到跟前,举起手中的纸包,递给心心,并且打开拿出一根举起来。心心好高兴,喊着:"糖!糖!"小女工却把一整包仍递还给亚德:

"还不谢谢伯伯,心心!"她又向亚德,"一根就够了,她妈妈不许心心多吃糖的。"

"啊?"但他怎好意思再收回来,推着说,"那么就送给你吃吧！"

"啊！怎么可以，不要啦！"小女工又尽职又有教养，一定不要，亚德倒很受感动，觉得这是一个难得的女工。为了尊重小女工，他就把纸包接过来，和心心道别"再见"回宿舍了。

他是含着笑意走回宿舍的。年轻的人，今天例外的没有全部出去，几个留在院子里聊天呢！亚德进来把糖包递给巴文说："吃糖，吃糖。"

巴文有点不明所以地接过来，打开来，见是棒棒糖，笑了，大概觉得主任秘书凭空请吃小孩子的棒棒糖很奇怪，看了亚德一眼，分给每人一根，并且说：

"姚主秘请吃糖，"又向着亚德开玩笑，"姚主秘，您请吃糖啦！是不是要恭喜啦！"

"笑话，是买给巷口上的孩子的，多买了几根给你们大孩子吃呀！"

大家举着棒棒糖，放在嘴边伸出舌头舔着，像孩子们一样吃法。最后一根留给亚德他却不要，他不大喜欢吃甜的。年龄也许有关系吧，他心想，为什么他们都舔得那么津津有味？

第二天、第三天，许多天下去，他都习惯走这条新开辟的路径了。心心常常在那个时候被带到门口玩，都是女工领着。亚德每天都要逗一逗心心，问两句闲话，然后满意地离开。有一天他还没到巷口，就被看见了，只听见女工向心心说：

"快看，伯伯来了。"

那语气好像是她们俩专在等亚德，而果然盼到了的意味。亚德很开心，心心等他也成了每天黄昏的生活习惯了吗？他赶紧快走两步，而心心已经扑向他了，他抱起心心说："你有没有乖？"

心心很懂事地点点头。

"那么我就送给你玩具。"

心心听不懂，但是笑了，眼珠像龙眼核一样的黑亮，小脸蛋又细又白，他难得看见这样好皮肤的小孩，还是一向他不注意小孩子的缘故呢？他不由得也向那心心的脸上闻了闻，他知道许多讲究的父母，不许客人亲吻他们的孩子的，因为怕脏、怕传染。淑贞好像就是常常为这事去嘱咐仆妇。但是秋美的小脸蛋也有心心一样的细嫩吗？他自问着，他难得去亲吻秋美，年代远了些，一时记不起来了。

他给心心买了一个塑胶的小娃娃,心心高兴,亚德也高兴,他没想到两块钱就买来了一个可爱的小女孩的笑容。他忽然想起在什么书上看过说:"阳光,婴儿的笑,幸福的婚姻,是金钱买不到的,但是不用金钱反而能够得到它们。"

　　那一天他走到心心家门口时,门口多站了一个女人,他认得,是心心的妈妈,第一天就是看见她抱着心心在门口的。他照例远远就向心心微笑着招手,走到心心的面前时,小女工向心心的妈妈说:

　　"就是这位先生。"

　　心心的妈妈向亚德微笑点点头。亚德猜得出小女工的话是什么意思,一定是她曾向心心的妈妈说起,每天有一位喜欢心心的先生路过这里,也常常给心心带了糖果或玩具来。

　　"心心真可爱。"他摸抚着心心的嘴巴对她妈妈说。

　　"哪里,心心很调皮,没规矩。"妈妈客气地说。

　　"她一看见我就乖了,对不对,心心?"

　　年轻的妈妈好像不太会应酬,也像是个比较安静的女人,她只会以微笑来答复一切。

　　他和心心道别,向前走去,心心竟追随着他,斜斜倒倒地走了来。年轻的妈妈怕孩子摔倒赶快追上来,她的一根食指给心心握着,略侧着腰肢,姿势很美。母亲的力量真大,只要一根纤纤细指就能使孩子不至跌倒,向人生的路程走下去。他有趣地想。

但是一晃眼间,他竟不知怎么产生了一个错觉——好像是淑贞。也凭着母性的有力的手指,带领着秋美。不知她们母女的情形怎样了?还住在老地方吗?还是回娘家去了?她们靠什么生活啊!有不少的亲戚,但是亲戚管事么?

他近来常常想到这些。他几乎每逢看见心心,就会想到秋美,想到秋美,会无端地难过起来。但也唯有再见到心心才能排遣这思念的情绪。

差不多一个多月以后的一天了,巴文说肚子吃撑了,也要随亚德出去走走。他带巴文去见心心,他对巴文说:

"我带你去看一个小女孩,她可以帮助你消化。"

还没走到呢,巴文倒先老远地向前面不住地点头微笑着。原来是心心的妈妈在门口,巴文招呼说:

"安晴,怎么样,好吗?"

"你好。"心心的妈妈说。

"怎么样,老唐还没走?"

"走啰!走了快一个星期了。"

"这回是哪条航线?"

"要绕大半个地球。"她说完,仿佛无可奈何地笑了笑。

"那又得几个月啦!"

"何止?是条货轮,一路卸货装货,总得大半年。"

"好,写信替我问候老唐。"

"好,谢谢。"

他们在谈话,他就逗着心心玩,巴文大概没有注意,所以他们走过去几步以后,亚德刚要说什么,巴文忽然问:

"你说的小女孩在什么地方?"

"咦!你不是刚才跟那女孩的母亲说话来着?"

"就是老唐的女儿呀,我怎么没看见?"

"就在你身边,没看见我逗她?"

巴文并不注意小孩子的事情,只是对亚德说:

"老唐是我中学的同学。"

亚德问说:"听你们说话,好像你的朋友是个海员?"

"是的,"巴文摇摇头说,"做海员的妻子真要不得,丈夫一年半载在外头是常事。"

"生活总该过得去。"

"生活！哼，"巴文从鼻子里冷笑了一声，"生活管什么呢？老唐是个到处留情的家伙，每个码头上都留下荒唐的行迹。是的，回家来，会带些外国胭脂粉儿的给老婆，可是住个把月，留下几个钱他又漂洋过海了。夫妻总要厮守着吧？把这么年轻漂亮的太太扔在家里，是不应当的。钱，有时并不是顶有意义的事。"

亚德寻思着巴文的话"夫妻总要厮守着吧"，那是很有道理的，他同情这位年轻而做了母亲的妻子。

亚德和巴文在街上散步一阵，话题都集中在巴文这位老同学老唐的身上。他们在路边买了一些水果，快中秋节了，在台湾也只有麻豆文旦上市了，还有木瓜，此外也就没有什么可买的。他们仍循原路经过心心的家，但门口没有人影了，小绿门紧闭着。大概秋天来了，小孩子会早些被母亲带回家的。亚德有点怅然若失的感觉，走过去了，还侧头向小绿门看了两眼。

回到宿舍来，巴文还是跟到亚德的房间来，也是因为天气早晚凉爽些的关系吧，他们不由得放弃了在院子里谈天的习惯。

他们仍然说着老唐的故事。巴文说，老唐是个喜欢冒险的家伙，又贪赚钱，所以只要有出去一趟可以赚钱的机会，他是不放过的。他的太太安晴曾要求他休息一些时候，调回公司来坐办公桌，但是老唐不肯，夫妇俩曾经闹得很不愉快，如果说赚钱，几时又曾见有多少钱交给太太？还不是老唐随赚随花掉了。所以，巴文很同情安晴，他认为老唐没有做到保护妻儿的大丈夫的责任。一个男人能漫游天南海北，并不就算是大丈夫。他让娇妻弱儿孤守家园，而满足自己，仿佛是大英雄顶天立地的气概，实在不值得什么。

亚德听巴文这样数说着，不由得点点头，是很有几分道理的，他寻思。但是他又想起了海上渔民的生活，便对巴文说：

"我们是成年生活在陆地上的普通人，海对于人，也许不同些吧！我知道出海打鱼的渔人，在回到岸上后，就常常会把乘风破浪得来的辛苦钱，一大部分花在酗酒和赌博上，这种人性的造成，不是善恶的问题，而是生命度过极度紧张和危险后，潜意识的报复举动！"

"然而像老唐这样的，为什么他的太太劝他休息却又不肯呢？"巴文仍不以为然地问，他总以为那是一个要表现男性优越感的自私的行为。

"这叫大爷有瘾！"亚德学着巴文的北方人的语气笑着说。

"巴文，"停了一下，亚德又若有所思地说，"我们做男人的，是很有些地方对不住女人。大陆上我的女人——妻和女儿，我快有十年没有她们的消息了。我扔惯了她们，像你这位朋友老唐一样。我只想一个人很惬意地飞来飞去，仿佛她们是我的一件随时可以取舍的行李，还没有我箱子里的一件毛背心重要呢！那件毛背心是我的女人给织的，我出门女人总不会忘记问我，要带着毛背心吗？然后替我把它放在箱子里，而我呢，也总会问：毛背心给我带着没有？真奇怪，怎么我的女人，她从来不问一问：要带我去吗？或者，我也从没有向她说过：我不带毛背心，要带你！"

亚德说着，两手交叉背在头后枕着，仰着向着天花板看，眼前的影像是模糊的。他想要勾画出一幅他的妻和女儿的现状图，但是走进他的茫然的视线中来的，却是在清香袭人的栀子花下，那个海员的妻子和女儿。他想涂掉她们，重新再来，因此下意识地摇头眨了一下眼睛，但是只一交睫间,她们又来了,站在小绿门前的那个娇弱的女子。

他们两个都暂时停止了交谈,怎么会婆婆妈妈地谈的尽是些家庭琐事呢?亚德不由得奇怪地想。这是女人们的话题呀!

"可是姚主秘,"停了一会儿,巴文终于又重新开了口,"我倒要报告您一个我的消息。"

亚德似乎还没听清楚对方说的什么,巴文便又斜起嘴不自然地笑着说:"我要结婚了,还得请您帮忙呢!"

"啊!真的吗?那好极了!"仿佛有点突如其来的感觉,因为他们刚在谈的是许多男人对不起妻儿老小的话题,怎么巴文就要加入这种男人的集团呢?

"不留学啦?"亚德又这样问了一句。

巴文耸耸肩又是斜嘴一笑,那姿势是一个无可奈何的表示,代表了答话。

巴文是个豪迈型的男人,一举一动都是粗犷的,但他的内心并不然,亚德看得出,巴文热爱家庭的实质甚于所谓事业的空架子。什么是生活真正的意义?什么是事物真正的价值?哲学家也曾询问过:"不贪百万财富,只求给他一个问题的解答!"亚德在刹那间,竟联想到这些不着边际的,来自他心灵中的许多要求答案的问题。原来家庭的问题,也像宗教的问题一样,难丁给人一个满意的、使人人平服的解答呢!

"日子定了没有?"亚德问。

"正要跟您商量,还有许多其他的琐事。"巴文变得严肃起来了。

"但我是外行呀!"

"您是过来人啦!"巴文笑着说。

"我不是说过,对于家庭,我是和你那朋友老唐一样荒唐的吗?"

巴文不理会亚德说什么,又只管说:

"您要做男方——我的主婚人……"

亚德听了惊奇地瞪大了眼张嘴要说什么,但是巴文很快地又接着说:"您是不能拒绝的!"斩钉截铁的口气。

"唉!这个现成的差事,是好差事,可是,可是……"亚德不知怎么说好了。事实上,这个要求,对于亚德是很有愉快之感的,但是他不能不谦让一番,心中也的确有这番想法,他停了一下,还是对巴文说:

"巴文,听我说,你是北方大家庭出身的子弟,总知道北方的规矩，婚姻的事，妈妈经常找帮忙的，必须要全福太太。丈夫，儿孙满堂，福集一身的人来担任，象征着婚姻是幸福美满的。你看我，"亚德右手伸着大拇指向自己胸脯上指了又指，"十几年来可以说是个孤独者，如果我代表你的家长，那象征着咱们这个家族，不太热闹，不够意思吧？！"

但是巴文连连摇手说：

"年头儿改变了，没这些讲究啦！您，就是您！我今天在您屁股后头追了好几个钟头，就为的跟您提这档子事呀！"

"为什么不早说呢？"亚德这才明白，为什么今天晚饭后巴文一定要跟他出去散步，但是绕了那么一个大圈子，又说了那么多话，到现在才提出来。

"您不知道我也是大姑娘上轿——头一回吗？害臊呀！"

就这样，过了两个礼拜，巴文搬离了单身宿舍。

巴文结婚的那天，礼堂的气氛很好，因为巴文平日是个有说有笑的人，所以年轻的同事都来赶热闹。有年轻人在的地方，就显得有朝气，何况是巴文呢？为巴文做主婚人，亚德很高兴，年轻人也都跑过来跟冒牌家长起哄了，他们灌他酒，他高兴地喝了，而且多喝了几杯，走起路来轻飘飘的了。

喜宴散了,宾客也一哄而散,他被一群年轻的同事拥上了处里的交通车,一路开回到单身宿舍去。亚德好奇地问这些年轻人,为什么不去闹洞房,但是年轻人都笑了!

"洞房是空的,新婚夫妇连夜赶车到日月潭度蜜月去了呀!"

亚德仰头长长地"噢——"了一声,表示原来如此,但是他搔搔头皮,醉言醉语地说:

"和我们那年头儿到底不同了!看,今天主婚人是抓官差的,介绍人也是抓官差的,只为保持着那传统的形式吗?为什么呢?"

年轻人中的一个回答说:

"意思意思罢了。"

车到亚德熟悉的大街转角的水果摊了,他连忙喊:

"停住停住,我下来。"

有人淘气地说:

"姚主秘还没醉。"

"还可以喝一瓶!"亚德临下车举起三个手指头,却报出一瓶的数字,车里的人都哈哈大笑起来。亚德自己也笑了。

下了车他挥手让车子开去,直走向水果摊。想买梨,因为口渴得厉害。

摊子上有一堆纸包的日本梨,珍贵地摆在最高一层,价钱说出口要让人吐舌头。亚德不打算买,但他忽然想起昨天出门时遇见心心家的小女工,说是心心在出麻疹,不能出来吹风,正在发高烧。当时他是去赴一个宴会,来不及再多问便匆匆上车走了。现在他要看心心去,应当带点水果,他毫不犹豫地买了四个。

脑子有点昏昏然,步伐很轻松,好像飘着,他自己暗想,对于酒的豪量是要打折扣了,他不是不敢喝,而是自然的不能喝了,一个人到了酒量自然减退的时候,也就是一切退步了,他有点茫然的感觉。

岛上的九月,也有秋色的,大街尽头的天边上,有玫瑰红的夕霞。栀子花好像落光了,还是他满嘴的酒气,掩盖了花的香气呢?心心的家到了,夕霞映在小绿门边的树梢上,暗弱的。他伸手去敲门。他从来没来过这家里,会不会太冒失。但是小女工已经应声来开门了,看见是亚德,很高兴,笑嘻嘻的。他不敢贸然走进去,只打算把几个日本梨交给小女工算了,但是小女工只顾向前走,一路喊着,"太太,伯伯来啰!来看心心啰!"

亚德没办法,也只好把腿迈进门里,小女工已经在开屋门等候亚德进去,心心的妈妈唐太太从里面来到屋门口了,笑迎着亚德。

很自然的,亚德进了屋,他第一次来到这要好的小朋友的家。唐太太把心心抱了出来,她的小脸起满了红疹,肿胀着,眼睛都睁不开了,抬起头来,又无力地倒在小母亲的肩头上。不像每天那样见了他就笑,她是多么可怜呀!他过去拉起心心垂下的小手,她也没有反应。

"不要紧么?"亚德担心地问。

"今天已经开始退下去了,谢谢您。"太太感激地说。

"去躺下吧,抱去躺下吧!"他挥着手请母亲把心心抱进卧室,外屋的窗门是大敞开的,古老的记忆,好像小孩出疹子最怕见风,家乡的二妹子长大了一直有挤眼的毛病,不就说是出疹子吹了风的结果吗!

心心很乖巧,她一向就是乖巧的,母亲把她放在床上再走到厅房来,她并没有哭吵。

"我今天是去吃巴文的喜酒。"亚德忽然想起告诉她这件事,因为他们是认识的。

"真的?"她惊奇地喊着说,"唉!怎么也不请我哪!

小姐是谁?"她一连串地问着。

他告诉了她,她摇摇头,不认识。"结婚了!巴文,真想不到。"她微笑着,还有惊奇的余意。

"我今天还冒充他的家长!"

"哟!"她有趣地笑了,"心心的爸爸快回来了,我一定要叫他补请我们。"

他心头忽然掠过巴文对她讲过的话,这一对海员夫妇的情形。他这样快就回来了吗?不知道这个少妇这次怎么挽留她的丈夫?看上去,她是一个温良的女性,不,近乎柔弱了!丈夫应当爱怜她,才对得起这温顺的女人。

初次来,他不好意思多谈,起身告别了,说明天再来看心心。

第二天、第三天,一连多天,他都按时来看心心。孩子日渐好起来,玩着伯伯给买来的玩具。

唐太太也和他熟悉了,常拜托他上街的时候给带这带那来。

亚德很愉快,这样每天到心心家来,成了晚饭后的生活一部分,看那小母女相依偎的爱,替她们做些事,仿佛对他自己也是安慰。

有一天,他忽然有所感触,不知怎么回事,在晚饭过后,就开始在久没有动的书箱里翻弄着。他记得有一张照片,终于找到了,是淑贞母女俩的。纸都发黄了,他责备自己不该把她们放在箱底。

他把照片拿到灯下细细地端详,忽然,照片上的母女在他眼前陌生起来了,他呆呆地看着她们,思想游离了,不能集中,有一会儿,他才挽回失落的自己,把照片塞进外衣的口袋里,预备拿去给心心母女看,这样才有些话题可以和她们闲谈。

心心的妈妈会煮很可口的咖啡,品茗着,闲谈着,在秋天岛上的客居,好像是百无聊赖中的一点生活享受。巴文毕竟结婚离开单身生活了,这里没有更能和他谈得来的人。

他正在漫想着,不知什么时候,男工老陈送进来一封信,他拆开看,是上面临时派他到中部出差一趟查件事,明天就得走。他看完,随手把它折起塞进上衣口袋里,就熄了灯出去了。

还没走到心心家门口,就看见小女工在喊三轮车,她看见了亚德,习惯地随着心心称呼他:

"伯伯吗?先生今天回来啦!他们要去看电影。"

"哦？"他还没明白，但是小女工已经去巷口喊车子，他这才恍然大悟，先生，一定就是心心的爸爸，前些时她讲过他要回来的。那么他这样快就回来了吗？已经绕了大半个地球？带了女装料子和一些残余的爱情？

　　他为什么想到这些呢？小女工从巷口那边回来了，他突然对她说：

　　"告诉心心，伯伯明天要到台中出差几天。"

　　"好的，好的。"小女工忙碌地答应，跑进小绿门去了。

　　他只到台中四天就回来了，可是他却有五天、八天、十天没有走向栀子花香的小巷了。他很记挂心心，但是他又想，那个冒险家老唐还在家吗？此时去合适吗？他不知道老唐是怎样一个人，在巴文的口中却是一个大浑蛋！但是心心的妈妈却没有过一点点对他的抱怨之辞呢？当然，人家凭什么向他吐露心事！可是他为什么这样矛盾？不能一下子闯进小绿门里吗？

　　心心会不会想念这样多天没有来的伯伯呢？

四

这些天来，晚饭后的时光真是难挨，因为没有到有栀子花小巷中散步和看望心心。真是奇怪，最初是觉得心心的爸爸回来了，唐太太一定要和丈夫忙着看朋友各处游玩，不便去打扰人家，何况他和这位唐先生并不相识，怎好闯上门去。他是心心和心心妈妈的朋友。但是亚德心中却脱不开对于她们母女俩的惦念，每天晚饭后，呆坐在屋里对着窗户看，喷着烟雾，在那袅袅上升的烟云中，小母女俩的影子就姗姗而来了。

他发现自己很寂寞，也很愁闷，这种感觉是以前没有过的，现在才发觉。他这样想着，便又仰起头来，等着墙上的壁虎出现，看壁虎可以使心情转移一下方向，他的心情已经到了这样的境况了吗？他变得很可怕了。

壁虎来了，这是第一只，爬在窗子的外面，肚皮向里，所以屋里的灯光正好照到那个呼吸颤动的、光溜溜的白肚皮上。第二只壁虎也来了，停在灯前的墙壁上。那第一只很快地扭着腰肢走了。

亚德研究起壁虎来了,他发现壁虎并不完全是丑陋的东西,仔细观看以后,会发觉它的美,褐灰色的花纹,布满了全身,一直到尾巴。说起尾巴,那倒是它全身最可怕的地方了;它的尾巴很长,占了全身的二分之一,当它静静地趴在那里,只有尾巴高高翘起摇动着,那一定是在打主意——攫取食物的主意。亚德记得小时淘气,把壁虎的尾巴切断下来,那尾巴还会跳动。大人们警告他,不要再淘气去切断壁虎的尾巴了,因为它的尾巴会跳回它的身体再连接起来。又说,尾巴如果钻进人的耳朵里,是要命的事啊!幼年的警告,常常是可以一生都有记忆的。壁虎的迅速真是惊人,它趴在平面的墙上,却可以吞食正在飞行的昆虫。

"吱吱!"壁虎叫了一声,他微笑了。他想起几年前听人说过,台湾南部的壁虎是会叫的,但是到台中以北便成了哑巴。他去年到南部出差,在招待所的屋里,的确听到它们的叫声,可是北返时在新竹小住,也听见它的叫声,他讲给人听,那时正值韩战,同住的朋友向他玩笑说:"三十八度线打破了,会叫的壁虎渐渐北上。"现在呢,寂寞的晚上，孤坐灯下，听了这声"吱吱"的叫，原来它们是从高雄叫到台北来了！

亚德在呆呆地想着，壁虎早已不知去向，他轻轻地吁了一口气，起身到衣架上去摸索，看哪一件上衣口袋有香烟，今晚势必要以香烟来遣此愁闷之夜了。他没有摸到香烟，却摸到几张硬纸，以为是名片，抽出来看，却是多少天前揣了要拿给心心母女看的，淑贞和秋美的照片！他把它们拿到灯下来，再仔细地端详那几张发黄的照片。他忽然想，他不能设法打听她们母女在大陆上的情形吗？很有些人转弯抹角地通信呢！他为什么不可以？

心血来潮，使他立刻想到香港的朋友，是的，章增易在香港，为什么不可以托他设法向大陆上去打听呢？他这样想着，便放下照片，又去翻动抽屉寻找章增易的通讯地址。几年不通信了，突然写这样一封信去，合适吗？有什么不合适，老朋友了！增易应当了解一个中年人在流浪了半生之后，突然想到家的那种心境吧？

他立刻翻出了增易的旧信，找着了上面的地址，那是他工作所在的地址，他知道老朋友并没有改变工作，所以那地址是不会有错的。亚德摊开了信纸，看着淑贞母女的照片，就开始给增易写信了。他毫无隐瞒地、坦诚地告诉老朋友，几年来的岛居生活并不坏，但是寂寞的心情却日甚一日，这恐怕是年龄的关系吧？因此他想到被他扔在大陆的妻女，这时的情形不知怎样？他虽然对不起妻女，但是甚堪告慰的是，他依然故我，正因为如此，他才动了要打听淑贞和秋美的念头。他想得很好，如果找到她们母女俩，设法使他们离开大陆到台湾来。这一点经济的负担，他倒是可以承担，他多么愿意在中年以后，有一个极安定、极美满、极安静的家庭生活呢！最后他不由得再加上几句话，不要再使他去摸抚别人家的孩子，来满足一点思念自己女儿之情了。他写这些时，又想到了心心。

他刚把信贴好预备明天寄出去，走廊下来了走路和说话的声音，是向着他这屋的方向来的，他正在纳闷，房门被敲了两下：

"姚主秘，您还没休息哪！"

"哦哦！"亚德正在惊疑间，门就打开了，原来是巴文！后面跟着他的新娘，两人春风满面笑嘻嘻地进来了。

亚德很惊奇，但也很高兴，这时来了访客，可说是意外的惊喜了。

这对新婚夫妇是第二次来这里，新娘子很大方，两个人逗着、笑着、相亲相爱，年轻夫妇的快乐，使得这间阴暗的单身宿舍也亮些、热些。亚德手拿起要寄到香港的信，忽然想起什么来了，对巴文说：

"你认识的那个巷口的女太太……"

亚德还没说完，巴文就玩笑地插嘴说：

"除了这位女太太，"巴文指着自己的太太，"我可不认识什么女太太啦！您说话可得小心！"

亚德也笑笑说：

"喂，不是玩笑，就是你那海员朋友的太太，记得吧？她听说你结婚没请她，很不高兴呢！这些时正好她的丈夫回来了，还说要你补请哪！"

"哦，是老唐呀！他回来了吗？那我们可以顺便去看看他们。"巴文转过脸征求新娘子的同意，"怎么样？"

"随便，可是我又不认识他们，跟着你乱串人家，像什么样子！"新娘子面有难色。

"没关系，你会很喜欢唐太太的，是个善良柔顺的女人。"

是的，巴文说得一点也不错，亚德心想，她是一个使人见了不由得要生怜爱之心的小女人。

亚德愣愣地想了一下,刹那间感到一种说不出的滋味,从呆想中拾回了自己。抬起头来,见巴文夫妇不知什么时候已经站起身来要告辞了,亚德赶紧问:

"是要到你的朋友老唐家去么?"

"走走看吧。"

"如果要是去的话,我也可以奉陪的,"不知怎么,亚德忽然勇敢地说出这句话来,"我也好久没见到那可爱的小女孩心心了,她病了一阵呢!"

他数叨着说,巴文并不注意,只是说:

"那好,那咱们就一同去,给他们一个惊喜。"

亚德拿了要寄的信,穿起上衣,和他们一同出去。他暗自庆幸,和巴文在一道好多了,可以掩饰他专程造访的尴尬。

到了唐家,女主人当然很惊奇他们的共同出现,她来不及问他们同来的原委,来不及向一对新人道喜,便忙着到卧室去把心心抱了出来。

"看,谁来了?看伯伯又来了!"

心心瘦了,亚德无限怜爱地趋前去,拿起心心的小手,抚摸着，心心好像病后还没有复原，软弱地倒在母亲的肩头上，该不是害羞，而是无力。

巴文并不注意心心的存在，只是问："老唐呢？"

"他又走了！"小女人苦笑着。

"又滚啦？"巴文睁大了眼睛，"该打屁股！你怎么还叫他走？"

"谁又管得了他呢？孩子病没好，我让他迟些天走，他不听……"她辛酸地说，把头斜过去和心心的靠在一起，母女相依的情景，亚德看在眼里，无限同情。

大家这时都跌入沉默中，连那样会说话的巴文，一时也都无话可说了，她又打破沉寂说：

"回来了，不知道怎么那么高兴，非要带心心出去逛，心心刚出完疹子，还没复原呢，"她又转向亚德，"伯伯知道的。所以，伯伯看心心这两天又有点不舒服呢。走了也好！"她最后有些怨恨地说。

"没关系，不用着急。"亚德这时才开口说了这么一句安慰的话，心心不像以前那样扑向他了，是软弱，也是因为亚德很久不来，小孩子很容易混熟，也很容易陌生的。

"伯伯也不来了。"妈妈这才展开些笑容说。

"会来的，会来的，"亚德连忙解释，"我出差去了些日子。"其实哪里有那么多日子呢。但是他很高兴他可以由今天起再接着来了，说实在话，他是多么关心她们母女呢。

巴文这时也说：

"我今天是来请老唐和你的，补请你们，可惜老唐走了，那也要请你，你定日子好啦！"

"真的？！"她孩子般地笑了，"那我就不客气了，不过要多过两天，等心心好得利落些，我出去才放心。"

于是他们便约定了下个星期五到新房去吃饭。

回到宿舍以后，亚德心情愉快多了，这些日子来的莫名的愁闷，绝望的心情，现在被解除了许多，好像在他今后的生活中有些什么希望，是因为写了寄香港的那封信吗？还是因为又可以每天去看看心心呢？

他躺进蚊帐里，一时竟睡不着，想东想西，想到增易会回信怎样对他讲，想到家乡的落叶，淑贞的影像，又想到今晚看心心的妈妈也憔悴多了，她那个喜欢流浪的海员丈夫，岂不正像自己年轻的行为，是不顾妻子的，是从来没想到做丈夫、做父亲的责任的。想到这儿，他忽然觉得，如果由他来多多关照心心母女，不正是对于愧对淑贞母女的一种间接的赎罪行为吗？这样做，会使他心安些。

接着这几天，他又都像往日一样的，每天按时去看心心，心心一天天地好起来了，有了欢笑，增加了饮食，眼睛亮了，灵活了。而心心的妈妈呢，精神也像是比那天晚上好多了，脸上有了光彩，谈笑也看得出是愉快的。

到了受巴文夫妇宴请的日子了，当然是亚德就近去约了唐太太一起去。他原本是很自然的，便到了心心家，小女工来给开门的时候，看着亚德，竟笑了笑，亚德忽然敏感而难为情起来，因为他今天是要请这家的女主人一道出去的，他从来没有过这种经验，小女工的一笑，好像提醒了他什么。他今天穿着很整齐，走进客厅，小女工倒茶来的时候，顺便又笑笑说："太太在化妆。"

他想，要怎样使小女工不要往坏处想呢？心心走到他的身边来了，他逗着心心，小女工也在一边站着，而这时心心的妈妈出来了，难得看见她正正式式地打扮起来，她是有着这么一种楚楚可人的风度，温柔地向他一笑，他竟不安起来。他急忙地对心心说："伯伯今天高兴极了！心心，你猜猜伯伯为什么高兴？"

心心哪里知道伯伯为什么高兴呢？所以只傻望着伯伯，

并不答话。

"伯伯接到香港的来信了,"他又抬起头来对心心的妈妈说,"香港朋友来信说,有我太太在家乡的消息了。"其实亚德说这话的意思,还是愿意小女工听见的,表示他是有太太的,而且是有消息的,其实他不必要向一个不相干的小女工表白什么,主要还是掩饰自己心中的不安。

"哦!那是好消息,姚先生,我听了也替您高兴。"她大大方方地说。

"有了好消息,我就要请心心哪!"他有意加强这件事的重要性。

临走的时候,心心的妈妈又嘱咐小女工一番,说是心心有些感冒的样子,要注意。

能和心心的妈妈一同出来,是一件令人喜悦的事。亚德一上了车就这样想。他又责备自己,不应当有这种想法,但继而又想,有什么关系,这是实在的心情嘛!总之,今天使他感到异常的喜悦就是了。

所以到了巴文家,一见到巴文,就被巴文取笑说:

"今天姚主秘年轻了,怎么搞的?"

这是巴文一句无心的话,他说惯了笑话。放在别的稍轻浮的男人，一定会嬉皮笑脸地说，陪了年轻的女士，当然也年轻啦！但是亚德并不，他一向是严肃的，尤其是对于女性方面。虽然他心中的喜悦，已经形露于色，但是他仍拿出香港的来信来掩饰。他告诉巴文：

"我是年轻了，因为我接到香港的来信，他们可能替我找到我太太呢！"

"那难怪了！"巴文也替他的顶头上司高兴。几年来，巴文知道有许多人要给姚主秘介绍女朋友，都被他断然拒绝了。

亚德这次更为详细地告诉大家说，同乡朋友来信说，正好有家乡的人来香港，朋友就向那人打听，据那人说，认识姚太太的，前几年见过，后来好像听说带了女儿回娘家去了。消息到此为止，这已经够使他高兴的了。大家也都说愿意继续听到更好的消息。

巴文今天请的客人还有其他几位，大家饭后谈得高兴时，忽然有人提起说，东南亚各国正闹流行性感冒，听说已经传到台湾了。

这一说不要紧，竟引起心心母亲的不安，她说她预备先走一步，因为不放心好像已在感冒的孩子。

心心的妈妈临走时，无意地看了亚德一眼，大概因为是同来的，所以要走时，礼貌上招呼一下，但是亚德竟也不由得向主人说：

"巴文，要不我看还是由我陪唐太太回去，好不好？"

有什么不好呢，主人和要走的都同意了，亚德也就理所当然地陪了出来。

到了家门口，虽然亚德的本意，是很想也进去看看心心的，但是这样晚了，毕竟不好意思——那小女工的笑和眼光！他便只好道了晚安又上车独自离去了。

五

从巴文家回来的这晚，意外的，亚德竟失眠起来。他躺下去，一时觉得不困，便从床头随手拿了一本书，是《随园诗话》。看着随园搜集来的琳琅满纸的诗句，亚德不禁跟着低声吟哦起来：

"江南黄梅时节，潮湿可厌，徐金栗云：不待雨来先地湿，并无云处亦天低……"

那种天气对于他是多么熟悉。在台湾，虽然台北冬季也是阴雨连绵，也是处处发霉，到处潮湿可厌，但是那味道和江南的黄梅时节又有不同。他停住了书细细地想，是要想出毕竟有何不同来。他记得那年在上海，他为了工作的关系，上海南京两处跑，梅雨时节来了，腻腻歪歪的天气里，他从南京回到上海的家。他是每逢周末回来的，火车上载满了到上海度周末的人。他那一阵子不知怎么那么思念淑贞和秋美，只要有两天假日，他都不肯留在南京。他踏着小雨回来了，妻子和女儿在窗口迎着他。他们住弄堂房子的二楼，正是在街转角处，可以看见自己家的窗口，他向二楼上招呼，心心和妈妈正在窗口——啊！不，不是，秋美和妈妈正在窗口，唉！他真是今晚在巴文家喝多了酒吗？怎么想的！

亚德觉得眼睛很疲倦，书上的字，行间太密了，他看也看错了行，想也想错了事，还是睡觉吧。

闭上眼睛关上灯，他又想，《随园诗话》是他所喜爱的一本闲书，好像到了一个地方，总要先去买一本，有时也会随着他旅行许多地方，火车上、轮船上、飞机上。但是奇怪，竟没买过一本正正经经的铅印本，全是像这本一样的石印本。而到台湾，翻印古书之风颇盛，也是把原来石印本又照了相，更加上令人不愉快的印刷。出版界的老板们，只爱发财，不肯为文化做一些讲究的工作，为什么不重新排过，加上新式的标点，请上国学家来写考写注，那才是一本看了过瘾的书哪……

他越想越远了，简直飞上了思想的太空，不要想了，快睡觉吧！他这样告诉自己，却还是睡不着。

他再度打开灯。既然睡不着，再看书吧，可是翻开了书，眼皮却是酸酸的，又合上了。眼睛合上，书本也合上，灯又关上。他怪今晚在巴文家喝多了茶,他家喝的是红茶,最要不得的一种茶,所以才使他失眠吗?

他又想起心心的妈妈,和她一道出去,又一道回来,滋味是甜甜的,令人有一种兴奋或者什么的感觉,唉!为什么这样想!这是难为情的。但是不好了,他今夜要辗转难眠了。他努力地数数目字,却是一点也不管事。让他想淑贞吧,想淑贞吧,想淑贞吧,不要让有栀子花香的小巷的那个小女人走进来,他受不了,受不了……

夜很静,小座钟的声音,腕表的秒针走动的细微声,都透过静夜传进他的耳鼓,很不容易的,很艰难的,远方有了鸡鸣声,他才模模糊糊地睡着。

第二天,头发重,喉咙也发痒,他起来,浑身不得劲,呀,一夜失眠竟有这样严重的后果。他梳洗完毕,交通车已经赶不上了,索性慢吞吞地穿衣服,吃早点,然后叫了三轮车去办公。对于他这个按部就班的方方正正的人,是很难得的。虽然同事们通宵之后赶不上交通车,原是很普通的事情。到了办公室以后,他坐在自己的办公桌前,浑身没有力气,真想回到床上去,因为这时困神反而来了。

巴文过来了,亚德糊里糊涂地指着他说:

"在你家，喝多了酒，还有那个红茶，我今天差点来不了！"

"真的？"巴文很奇怪地问，"不会吧，大家连一瓶都没喝完。"

"真的，"他做出睁不开眼睛的样子，"我失眠了一夜。"

"啊！原来是失眠，我当是……"巴文安心地笑了，他当亚德是病了。

但是亚德真是有些病状，他的喉咙一呼吸，就仿佛有一丝什么东西，顺着鼻孔直钻入他的喉咙，又痒又干。他努力咳着，想清理它，但一次次这样地来，麻烦极了，他以为回宿舍补睡一觉，一定会好的。

回到宿舍后，他没有吃午饭，便倒在床上，昏昏沉沉地睡着了，早就耽搁了下午上班的交通车。人们都快下班了，他才醒来。

可是他浑身更酸懒了，实在懒得爬起来。直到宿舍的人上了饭桌，他还是躺着的。

单身生活的情形就是这样，他一天没吃饭，没有人关心他、注意他、想到他。他心酸酸的，又想到了心心；他今天不能去看心心了，啊！到底他是要看心心，还是要看心心的妈妈？昨夜的梦，使他难为情。

老陈来灌最后一次的开水，进来才发现今天姚主任有点反常，这样早就躺在床上了。

"姚主任，您？……"

"有点不舒服，躺躺就好了。"

"晚饭也没吃？"

"不要吃了。"

老陈只知道他没吃晚饭，哪知道他连午饭都没吃呢！而老陈灌了开水就出去了，并不再关心他。是的，多少年来，他难得倒下来，也就无怪人家不理会这些。就算是一个多病的人，如果他是单身的话，又能受到多少照拂呢？他因此想到一个家了，像这样一个家岂不很好，院子里种着栀子花，屋子里跳着一个小女孩，沙发里笑着一个少妇，但是心心的妈妈也是像他一样孤单的，即使她有心心，她有栀子花，啊！为什么他想到这些，总想到这些？

亚德又昏昏沉沉不知时刻地睡到四围黑暗下来，街上一点声音也没有了，他才恍然地想起，他现在应当是得了流行性感冒了，他应当早想起来叫老陈给他买些药来，现在已经来不及了，不知道几点钟了？也好像睡了一整天，精神好了些，口渴，想起来喝水，才发现自己几乎是和衣倒在床上的，怪不得睡得这样不得劲，怪梦连连！

可是这时他听见外面有了什么人的声音，很奇怪，向他的房间的方向走来，是急促的脚步声。然后有人敲屋门：

"姚先生！姚先生！"是女人的声音，也有男人的声音。

他赶快打开了门，站在屋门口的，竟是心心家的小女工，慌张地说：

"姚先生，我们太太请你去一趟。"

"什么事？"她的慌张，也使他吃惊了。

"心心发烧很高，叫也不答应……"小女工哭了。

"是吗？"亚德也慌了，但他还是劝慰小女工，"不要着急，我来。"

他来不及整理，就穿了上衣随着小女工走了，又从抽屉里抓了一把钞票。

他走着，头有些昏，好像太猛了，头脑还没清醒过来。走了几步，他才又问：

"心心怎么了？"他昨天一天没有看见心心，好像别离了很久，不知心心的近况。

小女工继续说，前天太太晚上回来，心心还好好的，昨天和今天，两天都没有咳嗽，怎么反而病了呢！晚上心心睡下了，妈妈摸摸头，只说好像又有些热的样子，但是刚才太太忽然叫她看，可不是吗，叫也不答应了，心心的喉咙好像有痰，出不来，太太急死了。

到了心心家，亚德连忙进去，心心正被抱在妈妈的怀里，妈妈看见亚德来，好像见了救星，她皱着眉头焦急地说：

"怎么办啊！她怎么啦？"

然而亚德也对孩子的事没有经验，他唯一想到的就是去找医生，但是妈妈说："恐怕太晚了，台湾的医生，晚上是叫不开门的，除了外科医院，他们连电话都不接。"

"让我来想。"亚德还站不稳，头也发晕，思索都显得吃力，好像思想不能集中，但他终于想起来了，和公家的特约医生比较熟，这家医生的门，就凭他，大概可以叫开的。

他们匆忙地把心心厚厚地包起来，小女工去喊车子，车子来了，他又看见妈妈只顾孩子，自己也没加件衣服，于是他自动从墙壁上的挂钩取下一件外衣。他站在她的身后，她这样矮小、娇弱，他为她披好衣服，不由得抚着她的两肩头说：

"不要着急。"

他是出于诚意的,他只感到她需要受到保护。

上了三轮车,他们两个人紧拥着怀中的孩子。他在想,如果公家医生的门也叫不开的话,该怎么办呢?这是他的责任了。可以的,他可以用力地叫门,并且喊:"张医生,是我!是姚亚德!请开开门。"

到了以后,很幸运的,门很容易地叫开了,张医生也从睡眠中被叫起来。

医生到底是医生,手脚是快速而利落的。马上,一面听诊翻开看着孩子的各方面,一面听母亲的述说,他就断定是急性肺炎,出疹子以后不小心,就容易并发的病症。

心心的妈妈急坏了,哀求着医生,问他要紧不要紧,因为"急性"两个字在西医的病症里一加上,就怪让人害怕的。

但是普天下的医生有一个同样的习惯,他常常不答复患者的问题,你问一百声他也不答复,好像没听见一样,他只管在他那病历纸上写着看不懂的德文,然后护士就仿佛自然地知道该拿什么针来注射。病人是没有办法的,因为医生正在努力地做挽救生命的工作,他只动手,不开口,问什么也不肯说的。但是女人们也奇怪,没有再比女人更爱向医生发问的了，不够常识的问题，不信任的问题。当然这都是发自她们焦急而无可依赖的心情。尤其像今天晚上，她是一个多么无可依赖的小女人啊！

亚德像照应自己的家人一样地照应着她，医生也不问她是谁，亚德也不讲她是谁。亚德为她拿着外衣和心心的毛毯。注射好了，医生才张口，嘱咐一些该注意事项的话，她这才略为安心地放松了一些脸色。他们一同走出来，亚德又拥着她坐上车。一路上他们都没讲话，是刚才的情绪太紧张了，这时都懒得开口。

亚德又送她们母女回家来，热心地为她们安排，他奇怪他这时精神倒好了，身上、头上好像也不那么又酸又昏的了。这时大家都情绪轻松了些，她把心心送到床上安睡，出来后，很感激很抱歉地说："真是麻烦您了。刚才我可急死了。您已经睡了吧？"

"没有关系。"亚德回答。睡，他是从下午就睡的，但是他怎么肯讲呢？这家人是只有三个弱小的女人，是需要一个男人保护的，从今晚的事就可以证明了，但是那个好流浪的男人却不知这时是在海上呢，还是在哪块陆地上？这个年轻的海员，要到什么时候才有归心似箭的心情？要到像他这样老大吗？像他这样老大，已经晚了，他对于自己和妻女团聚的希望已经很渺茫了……

亚德忽然呆想了一阵，她也没再开口。忽然想起了什么似的为他倒了一杯茶。他喝着茶，才想起该回去，他怎么能够那么安稳地，好像在自己家一样地呆坐着不走呢！

他走出去，发现这时天上飘起极细极细的雨丝来了，有一点凉，也气闷，天气变得很快，呼吸并不舒服，是气压低的缘故，正合了昨天看的《随园诗话》中的那句，"不待雨来先地湿，并无云处亦天低。"

这次他很快地睡着了，一躺下去，才仿佛发觉了疲倦，他无意地呻吟了两声，整个的人像散了骨架，就等待这一觉才恢复体力了，他后悔竟忘记请医生替他注射一针，拿些药了。

第二天，他的身体仍很沉重，好像没有睡够，也必得起来了，办公室倒是请了两天病假，但是他还是去看心心。

他去心心家时，心心已经被带去昨天的医生家诊治，小女工留在家里，她说今早心心好多了，已经醒过来，她说昨夜亏了姚先生，太太都哭了。

心心看病回来了，看见亚德，母亲的脸上泛着笑容。

他看她,觉得她的美丽带着憔悴,使他动心。

心心仍然在睡,亚德接过来,发现心心的睡姿是这样可怜可爱,他不禁亲吻了她的小嘴巴。他把她放到床上去,心心被惊醒了,略睁开了眼,但随即又闭上,亚德弯下腰去的时候,忽然有凄然的感觉,想掉下眼泪来,他惊奇自己的情感怎么变得脆弱起来,像女人似的。他赶紧忍住这酸楚的心情,转过头来笑对她说:

"我想心心没关系,医生怎么说?"

"医生也没说什么,只说再吃药。"然后她想起来了,说:"今天没有上班去吗?"

他不肯讲自己也病了,只摇摇头,表示这是无足轻重的事。

"那么您在这里吃午饭吧?我去买菜。"

"那怎么好。"亚德不知怎么说才好。

但是她已经准备去菜场了,她穿了鞋,又回过头来说:"我烧两样小菜,也许您爱吃,在巴文家您说过的,我记住了。"

他答应留下来,她既然为了表示感激他,他也不能辜负她的善意。

他听见小女工正在后面房里洗衣服，那么他留在这屋里，就有照应心心的责任了。

果然在她走后不久，心心醒了，在卧室里哭起来，他好像记得说，病重的孩子是不哭的，知道哭，那就是好起来的现象。他赶快进屋去，把心心抱起来，心心怔怔地看着他，好像不认识他，是的，这一阵子他们很少接触了呢！

他把心心搂在怀里，坐在沙发上，心心就乖乖地依着他。他举起她的软小的手，放在唇边吻着，逗心心笑。心心变得那么成熟的样子，她笑得又无奈、又凄凉，在那刹那的感觉中，仿佛就是她妈妈。

她回来后，他又帮着她给心心吃药，是费了一些力气的，药吃下去，又呕出来，并且哭泣着。

他仍然抱着心心，她在摆饭菜，浓厚的家庭的味道，刺激他的错觉，他头有些晕，恍惚起来。

他的胃口并不好，但勉强地吃下许多，回到宿舍时，他也呕吐了，他挣扎着换上睡衣，心想也许睡个觉，又可以恢复过来，但是没有，他的梦很多很乱，大概睡了一天一夜，才又被老陈发现他病得不轻。

六

老陈是给亚德送一封香港的来信,发现他病了。老陈很纳闷,他昨天送开水来时,姚先生就这么躺在床上,怎么到今天晚上,还是这么躺着呢?他拿了航空信封,走到床前去,轻轻地叫:"姚主任!姚主任!"

亚德没醒过来,只是又似答应,又似呻吟地哼哼了两声。老陈觉得不对劲儿,又叫:

"姚主任!您的信。"这回他试着声音大了些。

没有回答,没有动态,老陈不由得再向前探着身子看,才发现亚德满脸通红,眼睛糊着一层眼屎,气色完全不对了。老陈吓了一跳,大胆地又摸摸亚德的头,滚烫的。他不懂得是怎么回事,有些无措,便把航空信扔在桌上,返身出去。他是想去找哪位先生告诉一声,但是宿舍的人走空了。哦!今天是周末,他才想起来,连大师傅老刘都没了影儿,一栋宿舍里,只剩下他和这位病人了。

怎么办呢?老陈焦急地想办法,总算被他想起来了,巴文搬走时曾给他留下了电话号码,说是如果有他的信件就打这个号码找他来。

老陈找出电话号码来,便到隔壁的一家公司里借打电话,电话是女人来接的,他说要找巴文,对方说:

"我是巴太太,巴先生没在家,有什么事跟我说吧!"

他结结巴巴地告诉巴太太说,姚主任生病了,请巴文过来一趟,宿舍没人做主。巴太太听了吓一跳,连忙问是什么病。老陈词不达意地说:

"我也不知道,脸色很不好,不说话了。"

巴太太听了急了,连忙说:"我去找巴先生。"

老陈挂上电话回到宿舍来,又到亚德的屋里去,他听亚德在喊他,连忙到床前去,却又不是,只是病人在发吃语,他仿佛听亚德说:

"眼睛!眼睛!"

也许因为眼睛糊上眼屎睁不开,所以喊眼睛?老陈赶快又去拧了一个湿手巾来,敷在亚德的眼睛上,替他擦抹,亚德却又像不知道一样,不发吃语了,昏昏地睡着。

看亚德安静下来,老陈才放下蚊帐,把被子掖好,走出屋子。他等待着有一个人回来,哪怕是老刘,也是好的,免得他一个人没主意。

老陈便在亚德的屋外和大门间一趟走来,一趟走去,果然盼到有人叫门了,打开来看,是巴文!老陈高兴极了,这正是他最盼切的人。

巴文进来一边问老陈,姚主任怎么样了,一边往里走,老陈述说的话,巴文根本没听见。

到了亚德的屋里,巴文掀开蚊帐,也是摸摸亚德的前额喊着:"姚主秘!姚主秘!"

亚德长长地叹了一口气,嘴里喃喃的,巴文还直问:

"您说什么?您说什么!"

其实亚德根本是热度太高热昏了,巴文见问不出道理来,便对老陈说:"我去打电话请医生。"

周末找医生也是不容易的,很巧的,巴文打了一圈子电话,也是请的公司的特约医生。

巴文打完电话回来,一进来,老陈就报告说:

"您听姚主任又喊眼睛!眼睛!"

巴文仔细地听,果然亚德半睁开眼,看着床边站着的人,却伸出手喊:"安静,安静,来吧!"

巴文皱着眉对老陈说:

"他不是喊眼睛,他是喊安静呢!"

"是嘛!喊眼睛嘛!"老陈手指着眼睛,嘴里可是说的"安静",原来老陈的家乡话"眼睛"是念成"安静"的。

巴文自言自语地说:"不是,他是在叫谁。"

叫谁呢?安静?眼睛?严精?安庆?巴文怎么也联想不起这两个字的转音。

忽然亚德又冒出了一句:

"心心!小心点儿!别……别……"

巴文还是纳闷,正好这时张医生来了。手脚利落的医生,见了病人不多说话,尽管你在旁边陈述,他也是只顾听诊、看舌头、试温度、量脉搏,好像他胸有成竹,你说的全是多余之话。张医生听诊完毕后,才抬起头来对巴文说:

"那晚他带小孩子来看病,我就发现他气色不太好呢!"

"小孩子?"巴文奇怪地问。

"他带了一位太太和小孩子来看病的呀!"

"嗯?——"巴文说,"张医生,你认错了吧?这是姚主任。"

"我还不知道他是你们的姚主任!"张医生以长辈的口

气说,"我认识他十年了。""可是他没有太太和孩子。"巴文说。

"可是他就是带了太太和孩子的!"张医生坚决地说。

"哦!"巴文恍然大悟,轻喊着,"怪不得,敢情是老唐的小孩子,是位年轻的太太吗?"

"不但年轻而且漂亮!"张医生也很会开玩笑。

"那是我一位同学的太太。"

张医生一面从医药箱中拿出注射器来,一面对巴文说:"既是同学的太太,怎么半夜由姚主任带去呢?"

"老唐没在家,他是海员,那就是了。结果怎么自己也倒下了呢?"巴文最后又是纳闷地自语着。

"亚洲流行感冒闹得太凶了,能抵抗的就过去了,不能的就要大发一场。那天我就看出姚主任的神色不太对。"张医生反复地说,注射针已经打完了。病人又在喊:"安静,别难过!别——"

"哦——!"巴文忽然想到了,亚德叫的是谁,是老唐的太太,她名字叫"安晴",对,安晴,还有心心,安晴的小娃娃,是亚德的小朋友,他怎么忘了呢!但是他"哦"了一声以后,并没有说明,他怕老陈或者张医生会想到别的地方去。

　　但是巴文自己却想到别的地方去了，直到张医生一切都安排好走了，他守在亚德的床前，还怀疑地想，为什么他不喊别人，而喊安晴呢？他怎么和安晴混得这样熟了？对了，巴文又回想起几次亚德和他谈到安晴的事，前些天，他还请了亚德和安晴，他们俩是同来同往的，而且，连他们新婚夫妇去安晴家，都是亚德带去的呢？……真的，这一切，是不是被他想象得太坏了？不要这么想，姚主任不是那种人，他是君子。

　　但是亚德又在喊了：

　　"对不起，安晴，对不起你……"

　　过后不久，亚德总算安静地睡得沉着了，呼吸也匀称些。

　　巴文因为没和家里讲，怕年轻的太太等候会害怕，他们是新婚哪！于是他便叫了老陈来，嘱咐老陈今晚在姚主任房里睡，并且告诉吃药的钟点，这样，他才回家去的。

　　第二天很早巴文便又来了，还好是星期天，不用上班，时间比较从容。他好奇地先到老唐家里去看看。

　　安晴刚买了菜回来，在给小孩子煮汤。

"安晴,听说你小孩子不舒服了?"他进门便问。

"是的,听谁说的?姚先生吗?"安晴很自然地问。

"不是,是张医生。"

"哦?"安晴大概很奇怪巴文怎么会见着张医生,除非巴文也去看病了,但她又不好问,巴文是好好的,怎么能问他有没有病呢!"你见着张医生了?"她只好这样问。

"是的,姚主任病了!"

"是吗?"她惊奇地问,"怎么病了?前天还在这里吃午饭哪!"

"在你这里吃病了,直骂你!"巴文和安晴开惯了玩笑。

"怎么会嘛!"安晴不相信,"到底怎么回事?"

"真的,要不要去看看他?他直在叫你,叫安晴。"

"别胡扯,他根本不知道我的名字。"安晴认为巴文是开玩笑的,不过她要求和巴文一道去看看亚德。

安晴要买些东西,但被巴文拦住了,他告诉安晴,直到昨晚他回家,他都是昏沉沉的没醒过来。

他们到了亚德的宿舍。这是安晴第一次来,她小心翼翼地跟在巴文后面,一边打量着这宿舍的情形,拐来拐去才到亚德的房门口,刚好老陈从里面出来,他告诉巴文,病人好多了，夜里醒来两次，要水喝，但仍是显得昏乱，喝了水就昏睡，有一次还说了一句"浑身酸"，药都按时吃了。

安晴不太好意思到床前去，她毕竟年轻，这又是单身男人的宿舍，她站在桌边望着床上。

巴文到床前去，亚德睁开了眼，可是不招呼人，好像来了一个不相干的人似的。巴文却对亚德说话了：

"您今天好点儿了吗？您看谁来了？安——唐太太来了！"巴文的嘴来回绕了两三次，又要说安晴，又要说唐太太。然后巴文招安晴过来到床前，安晴只好微笑地向躺在床上的亚德说：

"我不知道您病了，真对不起……"

这时亚德忽然糊里糊涂地伸出手来，是要和安晴握手的样子，安晴也只好把自己的手伸出去，亚德真的握了握安晴的手，眼直直地重复着安晴的话：

"真对不起……安晴！"

安晴很尴尬，尤其当着巴文的面，因为姚先生从来没叫过她名字，她也不知道他怎么会知道的，这样一来，仿佛刚才她骗了巴文，说姚先生不知道她的名字，他叫得这么熟悉，而且这样地握着她的手，很难为情，她羞得脸孔全红起来了。她轻轻挣脱开亚德的手说：

"我才对不起您，心心的病害您半夜给找医生，一定是这样您才病的。"

亚德只是摇头，好像他没听见安晴说的什么话，傻看了一会儿，才又昏昏睡去了。

安晴转过脸去对巴文苦笑着说：

"真奇怪，他怎么叫起我的名字了？他怎么知道的呢？"

巴文看出安晴还是个天真老诚的女人，她不会撒谎的，确是亚德在热病中的呓语。看样子，他还没完全醒过来，这病真是消耗人的体力。

"你回去吧，你的小孩也不舒服呢！"巴文催安晴回去。

"没关系，心心好多了。"

"心心，对了，昨天姚主任还直叫心心呢！我想了半天，忘记那就是你的孩子了。"

"是吗？姚先生是最疼心心的了。"

他们俩说到这里，突然同时沉默下来，谁也没再说话，在想各人的心事，他们也许想的各不相干，也许想的是有关联的事，或者他们都想的是一件事吧？比如他们也许同时在想：姚先生到底是什么意思呢？不要乱想，他是君子。

安晴还是先走了,她说她会再来照料姚先生,那是应当的,因为他也曾那么热心地照料过心心呢!

果然,安晴每天都要来一趟,亚德渐渐好起来了,他显得很疲倦,病了一个星期的时间,好像消耗了他多年的体力,他起不来,不得不仰赖每一个进到他屋里来的人。

他已忘记刚病时的情形,他现在也不叫"安晴"了,还是叫她"唐太太",就仿佛他从来没叫过她安晴,也不知道她的名字是安晴似的。

但是他对于安晴每天的到来,感到十分愉悦。她随时都为他做些零星的小事,并且每天煮了可口的清淡的汤菜来。她的热心使他感激,也使他感觉到女人对他的需要。女人的动作是优美的,凡事是细心耐性的。她们喜欢整理,喜欢缝补。有了她们,空气也不同,带着温柔的韵律。

他并不记得病重时自己曾发过什么呓语,还是巴文有一天来时,随便谈话时说起的,最初他们是谈起了老陈,巴文说:

"老陈这家伙,说话乱岔,有时就不知道岔到哪儿去了。你发高烧不清醒的那天,老陈非说你眼睛要瞎。"

"怎么回事呢?"

"你不是直喊安晴安晴吗？老陈按他们的家乡话给翻译成眼睛了，又看着你神志不清，眼睛上糊满了眼屎，他就非说您要瞎，多可笑！"

"我糊里糊涂的真是这么喊过吗？"亚德觉得脸发烧，有些难为情。

"怎么不真，安晴来了，您还拉着她的手叫她，说对不起她呢！"巴文说得很自然，就好像专为讲老陈的笑话做注解，而不是故意说出来臊他的，但是亚德这才知道自己在病重的梦呓中曾经是多么放肆，真是难为情极了。

这样一来他才真的觉得对不起安晴了，他希望安晴不要介意，原谅他是在病中，他不是这样的人。亚德虽然在歉疚，在内心还是时时有一种莫名的错觉的。

他告诉自己说，香港就会来信，他们可能找到淑贞，然后他要设法让她带来他们唯一的女儿。他们要过着安稳祥和的家庭生活。他要在庭前种些栀子花，夏夜发出幽香的味道。他要摘下米黄色的栀子花朵，插到娇小的安晴的鬓边，不，啊，是淑贞，插到淑贞的鬓边，他要抱起心心，吻她的小嘴巴，让她乖乖地叫爸爸，啊，不，是秋美，不是心心。

他很痛苦，他一方面假设毫无消息的淑贞的行踪，一

晚晴

方面又发生错觉,把淑贞按到安晴的身上。他有时被自己的思想纠缠到不能自拔了,整夜地失眠,看壁虎,听鸡鸣,都不能遣此愁闷的长夜。

他消瘦了,为了挽救自己的情感,他决心离开台北,离开栀子花香的小巷,离开那萦绕不断的安晴母女。没有人知道他真正的心情,他们只知道他要调个清闲的差事,到台中去静静地养疴。是的,静静地做自发的情感的养疴。

七

正在亚德请调的时候,要换新局长的风声也就传出了,而在他请调成行那天,也正是新局长到任的日子。所以他的调开竟和换局长这回事也连在一起谈了,而且谈得像有那么回事似的,说是把该升的姚主秘反倒冷冻起来,是因为如何如何。这些似是而非的传闻,亚德并不在意,就随他们把那些传闻成长着,这样反而可以掩饰他真正的心情。

在临行的前夕,安晴为他饯行,没有请什么人,当然还是少不了巴文夫妇。

亚德的元气恢复多了,但是也还略有清癯之感,他这场病是不轻的。心心呢,也一样,她得了两场病,更不轻。本来苹果似的小脸蛋儿,现在也削尖了。但是这样一来却更像她的妈妈了。

妈妈看来很兴奋的样子,她又是主人又是主妇,所以要在餐厅与厨房之间跑来跑去,鼻尖上浸出汗珠,两颊微红,倒比往常娇艳了。

吃饭的时候，亚德把心心也抱在饭桌上一起吃，他并且把心心抱坐在自己的腿上，安晴看见了虽然直说不要抱，抱着不好吃饭了，但是亚德哪里肯，他实在是舍不得这个小女孩。他并且用自己的筷子夹了柔软的菜给心心吃，也顾不得这是不卫生的，没礼貌的，他只觉得唯有这样，才是最亲密的。心心今天也好像特别懂事似的，就乖乖地坐在姚伯伯的腿上，喂她一口，她吃一口。亚德想起第二次见心心，就是在阿娇喂她吃饭的时候，坐在小车上，吃一口，小屁股颠起来一下，在黄昏的色彩下，他看见这么一个快乐的小女孩。安晴又从厨房亲自端上来一盘刚烧好的菜，亚德不由得把刚想到的说出来："我第二次看见心心，就是阿娇在门口喂她饭吃。"

"伯伯的记性真好！"安晴微笑看着心心说，"来，还是妈妈抱你吧，伯伯要吃菜了。"

心心大概坐得很舒服，又有得吃，所以听妈妈要接她过去，竟扭扭身子，摇摇头，不肯呢！

巴文也不由得说："给伯伯做女儿好了！"

心心不知道懂不懂，但是竟转头仰起脸来向亚德看了看，亚德笑了，低下头来亲吻着她的额头，只觉得无限的爱怜，似乎比自己的女儿还亲密，真的，他对自己的女儿何曾这样爱抚过，这样拥抱过，这样思念过呢！他想他离开台北最感到不习惯的一件事，就是看不见这个小女孩了，最初他会很想念她们母女的，他的心情会有一阵子不安宁，他是为了自拔于这些情感，才离开台北的呢！他一生走过那样多的地方，做过那样多的事，从没有一件事使他不能自拔过，老了，感情倒脆弱起来了。他这样想着，不由得举起了酒杯，向安晴敬酒。

这动作很猛然，安晴好像来不及接受，也连忙举起酒杯来，没有话可说，不知道亚德这杯酒敬的是什么名堂，两人把酒喝了，安晴才借这机会说：

"姚伯伯走了，我们心心便没有人疼了是真的……"

安晴微笑地说，眼睛向巴文夫妇望了一下，跟着她的眼眶里却涌出了泪，可是她还是笑着，那笑明明是掩饰的笑，其实她说这话是有些哽住了。亚德看着安晴的样子，老大的不忍，他把心心搂得更紧些，他几乎可以说："那我就不走了！"如果他多喝几杯酒下去的话，他真可以冒冒失失说出来的，但是现在他是清醒着的，他不说这话，他只把酒往嘴里送，一口又喝下一杯。

巴文却微笑着对亚德说：

"您可不能再喝了，您还不能多喝罢？"

"好好，不喝了，吃饭了！吃饭了！吃饭了吧？我的小心心！"他又闻着心心，他有一种几乎不能克制的情感，却只能对着心心表示，他是多么痛苦啊！看，刚才安晴的泪光笑影，明明也是有着含义的，不是吗？为什么我们不能放任些呢？为什么要克制得这样厉害呢？为什么要自苦地跑到台中去呢？

但是不能够，不能够，淑贞秋美母女俩也许已经在来台湾的路上了，也许在澳门的边缘上了，那才是自己真正的幸福的源泉。但是，他忽然忆起前些时的报上登载说，一位在美国十八年的艺术家，最近到台湾来和他的从大陆来的太太聚会了，他要带她到美国去享老福，是的，他们分离的时候，她才三十几岁，正是生命的旺盛之年，现在他们团聚了，她老成这个样子，但是她就要到美国去享福去了！谁说今天没有王宝钏呢？淑贞也是，淑贞也会变成那个样子，淑贞绝不是眼前安晴的样子，安晴是另外一个女人啊！现在也是另外一个年代啊！但是他有点奇怪，为什么香港这许多日子都没有消息来了呢？

他也许喝多了，有些迷惘，但是他心里是绝对明白的，绝对绝对明白的，因此他该告辞了，明天上午就要上火车，他还有些零星的事要办。

他和巴文夫妇都同时告辞了，安晴抱着心心，亚德趋向前去，在妈妈的怀中吻着她的女儿，他抬起头来对安晴说：

"有什么事就找巴文。"

又对巴文说：

"你得多替我照顾心心，在你太太还没有生儿子以前。"

巴文笑了，新娘子赶快躲在丈夫的身旁，咯咯咯地娇羞地笑着。

终于离开台北，离开有栀子花香的小巷，离开安晴母女了。台中的生活，在初去时，确实是不习惯的，算一算，他在台北住了将近十年了呢！如果不是为了解除感情的自缚，恐怕还要住上十年吧？真说不定。

到了台中，他虽然天天思念着心心，但是他故意不写信去，要试试自己到底能支持多久，结果是过了两个多星期才寄出两封信，当然是给巴文和安晴的，但是他立刻接到他们的回信了。安晴的信简简单单，她没有很高深的文笔，可见受的教育程度并不顶高，起码她只是个普通的家庭少妇。

巴文的信倒长些，除了报告一些公务上的事以外，也谈到安晴母女，他说他真的"受人之托"多去看了这娘儿俩两趟，他说安晴还是念念不忘亚德对她们母女的照拂，和她们依依不舍的心情，又说心心胖了些，都很平安。

看巴文的信，亚德倒觉得心酸了，很不好过。他想他在情感上是应当继续照应这小母女俩的，他应当把安晴当做自己的妹妹看待，把那个整年不归的海员，当做一个没出息的妹婿看待，那样他就可以心安理得地照应她们了。为什么当初不能这样想，而把自己陷入另一种感情的泥沼中，弄得好像在泥塘里极力地拔脚逃跑，唯恐陷进更深的泥淖中。

又过了些时候，他才寄信给心心，并且买了小衣服寄给她，因为儿童节到了。

等到安晴再回一封道谢的信给他以后，他们就断绝了信件的来往，他只是几次在巴文的信中请他代为问候她们母女，等到巴文太太真的生了儿子，就连巴文也少来信了，据别的同事来信说，巴文在家里当"孝子"呢！

可是就在亚德来到台中两个月以后的一天，忽然接到一个陌生者的来信，字体他不认识，用的是公司的信封，当然是同事了，他打开来看，除了一张信纸外，又附带着两封香港的航空邮简。看那张信纸，才知道是李处长寄来的。他信上说，业德所住的单身宿舍，现在因为调走的调走，结婚的结婚，偌大一栋房子，竟空闲了，于是公司决定加以修葺改装，他全家住进去。在打扫亚德原来住的房间时，搬开书桌，发现书桌后板夹着一封未拆的信，像失落已久，另一封是新寄来的。现在一并随信寄来了。

亚德急忙地检视两封航空邮简，果然一封是旧的，上面沾了尘迹水渍，看看日子是三四个月以前的了，他很奇怪，怎么没收到这封信，而落在书桌后面夹住了？那只有从窗子扔进来，或许会那样的，什么时候从窗子扔进信来呢？老陈干的事？哦！他想起来了，那时他正病着，可不是？他正发高烧昏迷着，信件才被乱抛的。

他打开了先来的一封来看。他的脸渐渐地热起来，感情激动着，心脏跳动着，那上面是香港老朋友告诉他的确实的消息，淑贞已经在四年前过世了，死在娘家，所以女儿跟着外婆舅舅居住……

亚德看到这里，不相信自己的眼睛，又从头看一遍，还是不错，很简单的话，淑贞确实是已经死了！

他扔下这第一封信，久久的茫然着，不知道该从哪儿想起？他从来没想到淑贞还活着的，因为在台湾的每个大陆上有家的人，都要有一种家人已不在的心理准备，但是亚德没想到这事实实的摆到他的面前时，他又不相信它的真实性了。

怎么会死了呢？如果他要在四年前想到接她们出来的话，淑贞到现在还是个大活人吧？

他起身到窗前，凝望窗外许久许久，从黄昏到天黑，他没离开窗子，也没再看另一封最近来的信。他在想什么，思想却不能集中。东一头，西一头的，他想到淑贞的一切，良心仿佛很受了谴责，但是他又茫然地觉得这是很久的事了，是不能怪罪什么人的了。

就这样反复的，他想到天黑，才把自己找回来，打开灯，再看第二封信，最近来的。那上面说，前信报告淑贞的死讯后，继续又向大陆询问秋美的情形，是否可以来台湾，现在有了回信，说是可以有办法的，所以现在问亚德的意思怎么样？并且安慰亚德说，爱妻虽然没有了，有了爱女在身边，也未尝不是爱妻的影子的复活，请他不要难过。

爱妻？亚德自问着：他什么时候爱过淑贞呢？像这样一直不知道应该好好地爱着自己妻子的男人，除了他和安晴的那位海员外，还有谁？巴文开始就爱妻子，为了娶妻，他牺牲了留学的机会。李处长去年才过的银婚纪念，还有张三、李四……都是夫唱妇随的。他这一生干什么来着？等到妻子死了四年之后，才千山万水地想起应当厮守来了！他有什么出息呢？他怎样挽救自己失去的人性呢？

除了把女儿接来。

他算秋美的年龄，有十五六岁了，是的，有十五六岁了，他想到这儿，不由得向眼前的空间望了望，想象中那个十五六岁的少女站在他的面前，是怎样地高？他离开她时，才是个牙牙学语刚会跑跳的女孩子，不就是心心那样大么？现在呢？十五六岁了！他将有一个亭亭玉立的少女来做他的女儿，解除他的寂寞，并且这是他的责任，他已经没有责任很久了！

很快地，他写了信给香港的朋友，请他务必设法把女儿接出来。

信发出后，他安心得多了。于是他偶然地回味着，如果他在前四个月收到那第一封信的话，是不是还会请调离台北呢？他会怎么样呢？想不到心心母女倒和淑贞母女有这么一般不相干的关联，为了心心而找到了自己的女儿，这中间的经过，岂是能和外人道的？这是他心中的一个秘密，他会永恒地记忆着，但是不会告诉任何人，哪怕秋美来了也不能说。

说一步步接近女儿的来临会成为事实，在台中也住了一年多了，日子像飞逝一样的快，想到快见到女儿了，心里倒莫名地不安起来，很有古人的"近乡情更怯"的味道。

而就在这时，巴文来信中偶然提到了安晴那方面的消息，说是安晴的丈夫，不知是在哪一个码头失踪了，他没有再回到船上来，可能是他留恋于某个码头的女人，有长久居留的意思，或者可以说，起码一时是乐不思蜀了。说是这消息来得确实，但很模糊。又说安晴听了以后，冷静得出奇，因为她在心理上早已有此准备了——她有一天会失去他的！

亚德可以想象出那个小女人的冷静的态度来，但是他是多么心疼她，那临别餐桌上的眼泪啊！

八

而现在，亚德的脚步走到一年多前的栀子花香小巷中来了。

往事如潮浪般地涌向他的脑海，经过是这样地平凡，又这样地奇妙！

心心不知道长多大了？这时会不会坐在小车里？不会的，她该上幼稚园了，穿着围裙，梳着小辫子，这时候在唱歌给寂寞的妈妈听罢？她会高兴或难过得流眼泪吗？

他现在要到她家去做什么呢？就说要看看久别的小朋友，也告诉安晴，这一年的经过、淑贞以及秋美的事。更主要的是，他要告诉安晴，刘处长太太替他做媒了，问问安晴有什么意见，看看她的反应怎么样。

他的脚步轻松下来了，谁家的栀子花枝探出墙来了，带着雨水的花朵打湿了他的脖颈，他顺手摘下那朵花来，捏在手指中搓转着。幽香而熟悉的味道。

他抬起头看着天空，是不是还会落雨？不会了，是个晚来晴的天气。

前面就是绿色的小门了。

窃读记

转过街角，看见三阳春的冲天招牌，闻见炒菜的香味，听见锅勺敲打的声音，我松了一口气，放慢了脚步。下课从学校急急赶到这里，身上已经汗涔涔的，总算到达目的地——目的地可不是三阳春，而是紧邻它的一家书店。

我趁着慢步给脑子一个思索的机会："昨天读到什么地方了？那女孩不知以后嫁给谁？那本书放在哪里？左角第三排，不错……"走到三阳春的门口，便可以看见书店里仍像往日样地挤满了顾客，我可以安心了。但是我又担忧那本书会不会卖光了，因为一连几天都看见有人买，昨天好像只剩下一两本了。

我跨进书店门，暗喜没人注意。我踮起脚尖，使矮小的身体挨蹭过别的顾客和书柜的夹缝,从大人的腋下钻过去。哟,把头发弄乱了,没关系,我到底挤到里边来了。在一片花绿封面的排列队里,我的眼睛过于急忙地寻找,反而看不到那本书的所在。从头来,再数一遍,啊!它在这里,原来不是在昨天那位置了。

我庆幸它居然没有被卖出去,仍四平八稳地躺在书架上,专候我的光临。我多么高兴,又多么渴望地伸手去拿,但和我的同时抵达的,还有一只巨掌,五个手指大大地分开来,压住了那本书的整个:"你到底买不买?"

声音不算小,惊动了其他顾客,全部回过头来,面向着我。我像一个被捉到的小偷,羞惭而尴尬,涨红了脸。我抬起头,难堪地望着他——那书店的老板,他威风凛凛地俯视着我。店是他的,他有全部的理由用这种声气对待我。我用几乎要哭出来的声音,悲愤地反抗了一句:

"看看都不行吗?"其实我的声音是多么软弱无力!

在众目睽睽下,我几乎是狼狈地跨出了店门,脚跟后面紧跟着是老板的冷笑:"不是一回了!"不是一回了?那口气对我还算是宽容的,仿佛我是一个不可以再原谅的惯贼。但我是偷窃了什么吗?我不过是一个无力购买而又渴望读到那本书的穷学生!

曾经有一天,我偶然走过书店的窗前,窗里刚好摆了几本慕名很久而无缘一读的名著,欲望推动着我,不由得走进书店,想打听一下它的价钱。也许是我太矮小了,不引人注意,竟没有人过来招呼,我就随便翻开一本摆在长桌上的书,慢慢读下去,读了一会儿仍没有人理会,而书中的故事已使我全神贯注,舍不得放下了。直到好大工夫,才过来一位店员,我赶忙合起书来递给他看,像煞有介事地问他价钱,我明知道,任何便宜价钱对于我都是枉然的,我决没有多余的钱去买。

但是自此以后,我得了一条不费一文读书的门径。下课后急忙赶到这条文化街,这里书店林立,使我有更多的机会。

一页,两页,我如饥饿的瘦狼,贪婪地吞读下去,我很快乐,也惧怕,这种窃读的滋味!有时一本书我要分别到几家书店去读完,比如当我觉得当时的环境已不适宜我再在这家书店站下去的话,我便要知趣地放下书,若无其事地走出去,然后再走入另一家。

我希望到顾客正多着的书店,就是因为那样可以把矮小的我挤进去，而不致被人注意。偶然进来看看闲书的人虽然很多，但是像我这样常常光顾而从不买一本的，实在没有。因此我要把自己隐藏起来，真是像个小偷似的。有时我贴在一个大人的身边，仿佛我是与他同来的小妹妹或者女儿。

最令人开心的是下雨天，感谢雨水的灌溉，越是倾盆大雨我越高兴，因为那时我便有充足的理由在书店待下去。好像躲雨人偶然避雨到人家的屋檐下，你总不好意思赶走吧？我有时还要装着皱着眉头不时望着街心，好像说："这雨，害得我回不去了。"其实，我的心里是怎样高兴地喊着："再大些！再大些！"

但我也不是个读书能够废寝忘食的人，当三阳春正上座，飘来一阵阵炒菜香时，我也饿得饥肠辘辘，那时我也不免要做个白日梦：如果袋中有钱够多么好！到三阳春吃碗热热的排骨大面，回来这里已经有人给摆上一张弹簧沙发，坐上去舒舒服服地接着看。我的腿真够酸了，交替着用一条腿支持另一条，有时忘形地撅着屁股依赖在书柜旁，以求暂时的休息。明明知道回家还有一段路程好走，可是求知的欲望这么迫切，使我舍不得放弃任何捉住的窃读机会。

为了解决肚子的饥饿,我又想出一个好办法:临来时买上两个铜板(两个铜板或许有)的花生米放在制服口袋里,当智慧之田丰收,而胃袋求救的时候,我便从口袋里掏出花生米来救急。要注意的是花生皮必须留在口袋里,回到家把口袋翻过来,细碎的花生皮便像雪花样地飞落下来。

但在这次屈辱之后,我的小心灵确受了创伤,我的因贫苦而引起的自卑感再次地犯发,而且产生了对人类的仇恨。有一次刚好读到一首真像为我写照的小诗时,更增加了我的悲愤。那小诗是一个外国女诗人的手笔,我曾抄录下来,贴在床前,伤心地一遍遍读着。小诗说:

我看见一个眼睛充满热烈希望的小孩,
在书摊上翻开一本书来,
读时好似想一口气念完。
摆书摊的人看见这样,
我看见他很快地向小孩招呼:
"你从来没有买过书,
所以请你不要在这里看书。"
小孩慢慢地踱着叹口气,

他真希望自己从来没有认过字母,
他就不会看这老东西的书了。
穷人有好多苦痛,
富人永远没有尝过。
我不久又看见一个小孩,
他脸上老是有菜色,
那天最少是没有吃过东西——
他对酒店的冻肉用眼睛去享受。
我想着这个小孩情形必定更苦,
这么饿着,想着,这样一个便士也没有。
对着烹得精美的好肉空望,
他免不了希望他生来没有学会吃东西。

我不再去书店,许多次我经过文化街都狠心咬牙地走过去。但一次,两次,我下意识地走向那熟悉的街,终于有一天,求知的欲望迫使我再度停下来,我仍愿一试,因为一本新书的出版广告,我从报上知道好多天了。

我再施惯技,又把自己藏在书店的一角。当我翻开第一页时,心中不禁轻轻呼道:"啊!终于和你相见!"这是一本畅销的书,那么厚厚的一册,拿在手里,看在眼里,都够分量!受了前次的教训,我更小心地不敢贪婪,多串几家书店更妥当些,免得再遭遇到前次的难堪。

每次从书店出来,我都像喝醉了酒似的,脑子被书中的人物所扰,踉踉跄跄,走路失去控制的能力。"明天早些来,可以全部看完了。"我告诉自己。想到明天仍可以占有书店的一角时,被快乐激动得忘形之躯,便险些撞到树干上去。

可是明天走过几家书店都看不见那本书时,像在手中正看得起劲的书被人抢去一样,我暗暗焦急,并且诅咒地想:皆因没有钱,我不能占有读书的全部快乐,世上有钱的人这样多,他们把书买光了。

我惨淡无神地提着书包,抱着绝望的心情走进最末一家书店。昨天在这里看书时,已经剩下最后一册了,可不是,看见书架上那本书的位置换了另外的书,心整个沉下了。

正在这时,一个耳朵架着铅笔的店员走过来了,看那样子是来招呼我的(我多么怕受人招待!),我慌忙把眼睛送上了书架,装作没看见。但是一本书触着我的胳膊,轻轻地送到我的面前:

"请看吧，我多留了一天没有卖。"

啊，我接过书害羞得不知应当如何对他表示我的感激，他却若无其事地走开了。被冲动的情感，使我的眼光久久不能集中在书本的黑字上。

当书店的日光灯忽地亮了起来，我才觉出站在这里读了两个钟点了。我合上最后一页——咽了一口唾沫，好像所有的智慧都被我吞食下去了。然后抬头找寻那耳朵上架着铅笔的人，好交还他这本书。在远远的柜台旁，他向我轻轻地点点头，表示他已经知道我看完了，我默默地把书放回书架上。

我低着头走出去，黑色多皱的布裙被风吹开来，像一把支不开的破伞，可是我浑身都松快了。摸摸口袋里是一包忘记吃的花生米，我拿一粒花生米送进嘴里，忽然想起有一次国文先生鼓励我们用功的话：

"记住，你是吃饭长大，也是读书长大的！"

但是今天我发现这句话还不够用，它应当这么说：

"记住，你是吃饭长大，读书长大，也是在爱里长大的！"

1952 年 8 月 10 日

冬青树

为了舅母的六十整寿,我冒着酷暑到台北来。表哥表妹两对夫妇都早到了,只等迟到的我。

我进门放下手提箱高声喊:"阿妗,我到啦!"从厨房的甬道里发出一迭声的"啊",跟着拥出了表妹和表嫂,表哥和表妹夫也从舅舅的书房跑出来,舅母矮矮胖胖,又是放足,她擦着鼻尖的汗,拖着笨重的身躯,抢着跑出来。我见了舅母好高兴,赶忙迎上去,舅母握住我的手,把我上下一打量,红着眼圈叹口气:"瘦了!"

"瘦了?哪里!我临来时才在医院过磅的,比上次长了两磅呢!"舅母不满意我的答复,不住地摇头。

"姆妈就是这样,见了谁都嚷瘦呀瘦的,都像您胖得油

冬青树

篓似的走不动才算数吗?"表妹虽然结婚了,仍然改不了跟舅母抢白的习惯。我们听了都好笑,舅母用手指戳着表妹的头笑骂:"该死!该死!"我又听见舅母熟悉的骂人声了,唯有在舅母这毫无恶意的骂声里,才觉得是回到了有所依赖的家。

这是两年来一次难得的团聚,年轻的一代,为了职业,不能守在老人的身旁,舅母口口声声说:"走远了顶好,图个清静!"其实我知道她是多么盼望孩子们都围绕在她的身边。这一次大家写信商量好,要在舅母的生日全体回家来——其实各人在外面都已成家立业了,可是提到回家,总以在舅母的身边才算真正回到了家,就因为这里有一个舅母。她无论在什么时候都使你安心。她安排你的生活,让你舒服得像一个懒洋洋的人,躺在软绵绵的床上,不由得睡着了。

可是在这个团聚的家庭里,我算的是什么呢?我不过是舅父的妹妹遗留下的一个孤女,在女孩时代便被远游的父亲寄留在这家里。舅母每见我瘦弱,总叹息说我是一个不幸的女孩,而我却以为遇到舅母是我今生最幸运的事。我曾失去许多亲人,却永远不会失去舅母,她像一棵冬青树,在我的生活里永远存在。如果我说我在这家里从无寄居之感,那正是因了舅母的慈爱,她从没有给过我一次机会,使我感觉在这家庭里是额外的一员。我和一个表哥一个表妹共同生活,安全而快乐,舅母却偏爱说我不幸。

舅母是旧时代中一个可爱的妇人,她所以常常说我不幸,正因为她是一个家庭观念极浓厚的人。我的出生就是悲剧的开始,生母早死,又被父亲遗弃。后来我自己又在一次婚姻悲剧里,扮演了不幸的一方。如果拿新的家庭观念来说,我没有生活在一个完整的家庭中,所以造成心理的不健全,而致瘦弱如此吧?其实我在依赖舅母生活的年纪时,何曾有一丝丝这种不健全的念头。去年遭婚变,我原处之泰然,却急坏了舅母,她见了我顿足地哭:"蕙君,你阿爹回来我怎么交代?"我是快三十岁的人了,舅母还疑心地想着,有一天,十几年没有音信的阿爹回来了,她把我仍像五岁的小女孩一样交还给阿爹呢!我在舅母的眼里简直是悲剧的化身。无怪表妹责怪舅母说:"阿姊本来是快乐的,可是姆妈偏要给培养点儿悲剧的气氛!""嗯?"舅母旧书念得不少,可是遇见表妹嘴里的抽象新名词,就害苦了她:"什么赔点儿,养点儿的!"我们哄堂大笑,舅舅也笑得被一口烟呛得直咳嗽。舅母转移目标，冲着舅舅瞪眼："老鬼，你也笑什么？"我说过的，舅母的骂声，常常是表现了这家庭的融洽，骂里含了无限的爱与关怀。舅母真是这一家子不倒的权威。

表哥已经做了两个儿子的爸爸，这次回来，表嫂又鼓着肚子挺身而行了。表妹也初尝怀孕的滋味。添丁使舅母开心，所见所闻都是孩子的问题。我被冷落在一旁，突然生了孤零的伤感，可是还好，这情绪在我心头一瞥即逝，我很快恢复了常态。表哥正在喊："叩头，叩头，给老太太拜寿！"舅母笑得嘴合不拢了。

在舅母的生活方式下，是包含着新的希望与旧的道德，叩头礼并不是这家庭落伍的表现，而是子女奉给长辈所喜爱的一些行为的表现，如果我们那种七摇八晃的叩头法，能给舅母老夫妇开心的话，我们又何乐而不为呢？舅母还照老规矩，四眼儿人不必下跪，表嫂和表妹算是免了，我和表哥表妹夫带着两个表侄一字排开跪倒在红毡子上。桌上的一对红寿烛，烛光摇曳映到舅母刚扑了粉的圆脸上，在舅母光亮的脸上，我看见一个老妇人最快乐的时光。刹那间，我忽然想，舅母真是一个懂得生活，富有生活风趣，而也得到真正生活的女人。

这次我们要叫一桌席孝敬舅母,可是舅母不肯,她说她愿意自己下厨,因为她知道我们每个人的口味。"可是,您是老寿星呀!我们应当孝敬您,您怎么反倒做给我们吃?"表妹笑着说。

"算了罢,吃一顿明天就全滚蛋了,什么孝敬不孝敬!"舅母又骂了,可是这次骂是亲切中带着伤感的,她虽是个顶达观的女人,但是老人的心是希望归来而怕离去的,舅母又何能例外?

我们吃得好开心,表妹夫和老丈人猜拳,五魁首,八匹马,把舅舅要灌醉了。我们也顾不得舅母在厨房烤成什么样儿,上一道菜,喊一回好。

和两表兄妹中,我一直受舅母特别的宠爱,当然是因为她对我多几分身世的怜悯。她希望我身体健康,婚姻美满,好对我那谜样的父亲有个交代,可是在这两方面,我都使她失望而伤心。我很惭愧一直给舅母精神上负荷沉重,她对于我的关怀远超过她的亲生子女,虽然我已成人,不需人扶助,她的关怀也未稍减。

舅母的生日,我画了一幅冬青树送给她,但是我知道,更多的颂词，再多的赠礼，都不如给她一个能使她放心的表白，我许久以来就要对舅母说的是：我的身体虽仍嫌瘦弱，但意志却坚强；我的婚姻虽告失败，但这并不证明我从此失去光明的前途！

阳光

我的师娘从板桥乡下寄来一封信,她在信上说:

我不信你在烦嚣嘈杂的台北会住得这么起劲儿,三番两次都请不动你。这里的杜鹃花早开了,我今年又把庭前美化一番,沿篱笆有一排美人蕉,进门的人行路也铺上了碎石子。你更想不到,我已经把你所讨厌的那两棵垂着长须的榕树给锯掉了,这么一来,你所喜爱的阳光便可以充分晒进这条宽宽的走廊。我在走廊的这头放一张书桌;那头摆四张藤椅和一个小圆桌。早晨我们母女三人坐在三张藤椅上沐浴阳光,那一张空着,明明是等你,这个周末你如果再不来,你会后悔又失去一个可爱的春天。而且,清

阳光

清和洁洁也真想念你……

我接到这封信时,已经是星期六的下午了,我把信塞进外衣口袋,赶紧找出一身睡衣来,就这么简单地只提了一个手提袋,赶五点二十分去板桥的火车。

在火车上独坐无聊,我又把师娘的信打开来仔细读着。师娘这几年显然老多了,记得去年她刚搬到乡下,我去时还从她头上拔下好几根白头发来。可是她永远这么富有风趣,说说笑笑和十年前没有两样,但是她目前的情景和十年前却是不同了。

十年前在北平,如果是周末,你一定会在西城鲍家街的一所幽静住宅里发现我,那便是这位师娘的家。我的老师是画家兼酒家,他醒着和醉着,在我看来,好像没有什么分别。在学校里,我虽是图画课的劣等生,但在他府上,我却接受到师娘的宠爱,原因是在另一个学校教国文的师娘,有一天偶然到我们班上参观她的丈夫教学,竟无意中发现了像她死去的妹子的我。从此周末下课后我不回自己的家,却径向鲍家街的老师家去,和疼我的师娘盘桓到星期日的晚上,才恋恋不舍地回家来。

鲍家街的房子是一排五间带廊的北房，那条宽宽的长廊，真令人难忘！师娘爱布置房间，走廊也不放过，廊檐下挂着两盆麦冬草，长长地垂下来，廊前石阶长年摆着四季不同的盆景，是月季，也许是秋菊，廊下放着两张可以摇动的躺椅，我喜欢躺在上面，把三岁和五岁的清清、洁洁搂在身上，来回地摇着，沐浴在温暖的阳光里。这里的阳光真可爱，它穿过长廊一直送进宽大的玻璃窗，刚好落在老师的画桌上，当老师挥笔作画的时候，师娘便放下了手里的针线或学生们的作文本，给老师调色、铺纸，我们就躲在窗前看，一看就是老半天，连清清和洁洁都乖乖地不会吵。这样一家人的生活，我至今想来，仍觉得十分的幸福。可是不知为什么，后来老师和师娘竟分了手，好像是老师有了另外的女人的关系吧，又好像没这么严重，总之，我那时还是个孩子，没有深研究过这件事，只是听人家这么讲。我又听说老师亲自送师娘和两个孩子上火车回台南，竟像送一个常旅行的朋友一样，并没有一些儿女私情。后来年代久了，这件事被淡忘，大家也不再谈起。不过我一年年长大，反而对于他们的分居愈加不解，我不懂师娘怎么会这样乐观大方，她好像完全没把那回事放在心上似的,既不怨恨也不悲观,我不信分居之时,我的师娘竟能自持若此……

板桥到底不远,我手拿着信还在回想,却已经到站了。半年多没有来,车站也面目一新,刚站起来,车窗探进两张小圆脸儿,笑嘻嘻地喊我,原来是清清和洁洁姐儿俩来接车,两个小姑娘的个子已经赶上矮矮的我,一边一个,连推带挤,我们才算出了车站。

穿过镇街还要走上一段田埂,才到她们的美其名叫做"别墅"的家。在路上两个小姑娘说,今天接了我三次。"这一次再接不到,"清清说,"我妈妈说明天要到台北跟你算账!"我说:"好凶的师娘呀!"我们嘻嘻哈哈走到时,已经暮色苍茫,"别墅"在苍茫中模糊了,只见那高大的椰树在晚风中摇头,走近跟前,发现师娘正站在门前等待,她看见我来了好高兴。我说:"不失信吧?师娘!"她捏着我的嘴巴说:"小鬼!"

乡下的生活要比都市提早两小时,第二天早上七点钟,我们已经梳洗完毕,坐在廊下吃点心了,推开走廊的窗门,庭前美景立刻映入眼帘,我不由得"啊"了一声,和师娘信上所描绘的,一些也不差!师娘指着廊下的阳光说:"这阳光怎么样？和鲍家街的差不多吧！"我抚摸着被晒暖的旗袍，低头看着走廊光亮的地板，心中不禁想道：阳光到处都是一样的，它今天走了，明天还会来，只是师娘的头上更添了几茎白发。这家人还是这么快乐，眼见两个女儿长得亭亭玉立，做母亲的心里当然无限快慰，可是，可是，——我摇摇头，师娘说："怎么，你觉得这里的阳光不同吗？"我那时想说："当然不同，这儿的阳光里究竟少了那个男主人！"可是我并没有这么说，我一抬头看见师娘慈爱而悬疑地对我望着，旁边是两张充满了稚气的笑脸，我便笑笑说："当然不同，这里又不是鲍家街！"师娘也笑了。

　　回到台北，给师娘的信里，我终于忍不住地说明了我当时真正的观感，我并且说对于老师和师娘的分居始终不解，我又说我不信这些年来，师娘那种淡然处之的态度是发自心底的，我也不信当年分居之日，真像别人所说的，师娘竟是这么坚强地绝裾而去？

　　师娘的回信来了，果然被我一串疑问引出了她的心语，她说：

　　……你既然要探师娘的心底，那么我也不妨对你讲，你

阳光

的师娘在她和你的老师分居之日,并没有这么硬心肠决心想拆毁一个完整的家,她只因为是一个受过教育的女性——像一切这类女性一样,当然有着她们相当程度的矜持,可是你的老师竟是这样一个缺乏了解女性的艺术家!我可以这么说,在我们分手之日,如果你的老师肯抱着两个孩子向我深一步地忏悔,那时我也许会哭倒在他的怀里,我无论多么刚强,毕竟是女人。可是你的老师到底不是像你所说的那阳光——今天走了,明天还会来的,我们便这样分手了……

我更进一步地了解我的师娘,但也毋宁说,我是更进一步地了解我们女性吧!

雨

钟敲四下了,该是珠珠放学回来的时候了,可是这时天空忽然阴霾四布,顷刻之间,小雨点变大雨点,密密地落下来。

我这时忽然想起,珠珠上学没有带雨衣和雨伞,怎么办?但接着又想,她会等到雨停,或者会借躲在同学的雨伞下,一道回来的。

但是雨越下越大了,好像没有停止的意思,也没有珠珠回家敲门的声音。我在想,珠珠不会一个人待在教室里等着我吧?想到这里,我若有所感,"啊,一定要去接珠珠!"我心里说着,立刻找出珠珠的雨衣和雨鞋,拿了一把雨伞,几乎是夺门而出地向学校的路上跑。我希望我去得还不算太晚，还赶得上，不至使她一个人……像二十几年前，我的童年时代的那一次吧？……

是快散学的时候了，忽然下起大雨来，同学们都不能安静地听老师讲书了。雨更大了，雷声隆隆，大家都把原来向着黑板的脸，转向窗外，是希望雨停，也希望有家人来接。

这时窗口首先出现了一个同学的妈妈的影子，我不由得朝那同学望去，她也看见她的妈妈了，原来不安的脸上立刻显出惊喜的笑容，向她的妈妈淘气地挤了一下眼睛，然后安心地伏在桌上抄写笔记。

陆续地，窗口出现了更多的影子，教室里的同学也就有了更多的笑容。有的甚至像哑巴一样，做着没有声音的姿态，张开嘴来向着窗外，表示他们在喊"妈"，为的是怕老师听见。

我呢？我也不断向窗口望去，希望看见我的妈妈，如果看不见妈妈，也应当看见张妈。因为在我上学来时，妈妈正在牌桌上，她也会打发张妈来接我的。

可是一直到下课铃响了，仍然没有她们——妈或者张妈的影子。同学都走光了，只剩下我和没有妈妈的小姗，

守着窗口,呆呆地看着雨中的操场。一声霹雷,我们俩紧搂着,吓得要哭了。我说:

"小姗,谁会来接你?"

"爸爸会,但是……他也上班去了。你呢?"她反问我。我毫无把握,但也只好说:

"妈妈会来的,我们家很远。"后一句是撒谎,我要掩饰,我怕丢妈妈的面子。

我俩不说话了,接着看操场,操场成了一片汪洋,我心想,再下去的话,得撑船才能过去了,我搂着小姗,心中生了恐惧。但从操场那边真的来了一条船,不,是一个人,一个跑着的男人,这时小姗推开我,喊道:"那是爸爸!"

可不是小姗的爸爸吗!他虽打着伞,也都淋湿了,雨实在太大。

小姗的爸爸进教室后,先打开手中的小包儿,拿出还冒着热气的包子给小姗,并且给了我一个,他说:

"我在路上买的,还热,吃了再走吧!"

我摇摇头说:"谢谢伯伯,我一点儿也不饿。"

我的确不感觉饿,当希望变成失望的时候。小姗的爸爸又对我说:

"住在哪里？我送你回去。"

我伤心又倔强地说："不，妈妈会来的！"

一直到天黑了，并没有妈妈的影子，也没有雨停的样子。我从书包里拿出了笔记本，顶在头上，冒着雨跑出去。经过李老师的住屋，他正倚在窗口，看见我惊异地喊：

"你还没有走？！"

我一直跑出去，不答理他，是因为羞于说出我的家里竟没有一个人来接我。

我全身湿透了跑进家门，屋里灯光辉煌，妈妈还在牌桌上，她见了我就骂："怎么弄的这一身，还不快去厨房叫张妈给你换！"

我真惊异又伤痛母亲的态度，我原是想进门来先向妈妈生气和诉苦，不想她先骂了我……

"妈！妈！"

我还痴痴地回忆着，忽然听见雨中穿过来熟稔的喊声，我向路边望去，啊，原来是我的珠珠缩在店铺的廊檐下躲雨，她看来是这么小，还够不到店铺的窗子。我急忙跑过去，看见她头发湿了，衣服湿了，小手冰凉的，雨水从头上流下来，她见了我，眼里含着泪水，却高兴地笑道：

"我知道妈妈会来的!"

"妈妈会来的!"我应和着,一面给她穿上那件粉红色的玻璃雨衣。

金鲤鱼的百裥裙

金鲤鱼有一条百裥裙

金鲤鱼有一条百裥裙,大红洋缎的,前幅绣着"喜鹊登梅"。金鲤鱼就喜欢个梅花,那上面可不是绣满了一朵朵的梅花。算一算,足足有九十九朵。两只喜鹊双双一对地停在梅枝上,姿势、颜色,配得再好没有,长长的尾巴,高高地翘着,头是黑褐色的,背上青中带紫,肚子是一块白。梅花朵朵,真像是谁把鲜花撒上去的。旁边两幅是绣的蝴蝶穿花,周边全是如意花纹的绣花边。

裙子是刚从老樟木箱子里拿出来的,红光闪闪地平铺在大沙发上。珊珊不知怎么欣赏才好,她双手抚着胸口,兴奋地叹着气说:

"唉！不得了，不得了，我从来没有见过这么美丽的百裥裙！"

她弯下腰伸手去摸摸那些梅花，那些平整的裥子，那些细致的花边。她轻轻地摸，仿佛一用力就会把那些娇嫩的花瓣儿摸散了似的。然后她又斜起头来，娇憨地问妈妈：

"妈咪！这条百裥裙是你结婚穿的礼服吗？"

妈妈微笑着摇摇头。这时爸爸刚好进来了，妈妈看了爸爸一眼，对珊珊说：

"妈咪结婚已经穿新式礼服喽！"

"那么这是谁的呢？"珊珊又一边轻抚着裙子一边问。

"问你爸爸吧！"妈妈说。

爸爸并没有注意她们母女在说什么，他是进来拿晚报看的，这时他回过头来，才注意到沙发上的东西。他扶了扶眼镜，仔细地看了看，并没有看出什么来。

"爸，这是谁的百裥裙呀？不是妈咪跟你结婚穿的吗？"珊珊还是问。

爸爸只是轻轻摇摇头，并没有回答，仿佛他也闹不清当年结婚妈咪穿的什么衣服了。但是停一下，他像又想起了什么，扭过头来，看了那裙子一眼，问妈说：

"这是哪里来的？"

"哪里来的？"妈咪谜语般地笑了，却对珊珊说：

"是你祖母的呀！"

"祖母的？是祖母结婚穿的呀！"珊珊更加惊奇，更加地发生兴趣了。

听说是祖母的，爸又伸了一下脖子，把报纸放下来，对妈咪说：

"拿出来做什么呢？"

"问你的女儿。"妈妈对女儿讲"问爸爸"，对爸爸却又讲"问女儿"了，总是在打谜语。

珊珊又耸肩又挤眼的，满脸洋表情，她笑嘻嘻地说：

"我们学校欢送毕业同学晚会，有一个节目是服装表演，她们要我穿民初的新娘服装呢！"

"民初的新娘子是穿这个吗？"爸爸不懂，问妈妈。

"谁知道！反正我没穿过！"妈咪有点生气爸爸的糊涂，他好像什么事都忘记了。

"爸，你忘了吗？"珊珊老实不客气地说："你是民国十年才结婚的呀！结了婚，你就一个人跑到日本去读书，一去十年才回来，害得我和哥哥们都小了十岁（她撅了一下嘴)。你如果早十年生大哥,大哥今年不就四十岁了?连我也有二十八岁了呀!"

爸爸听了小女儿的话,哈哈地笑了,没表示意见。妈妈也笑了,也没表示意见。然后妈妈要叠起那条百裥裙,珊珊可急了。说:

"不要收呀,明天我就要拿到学校去,穿了好练习走路呢!"

妈妈说:"我看你还是另想办法吧!我是舍不得你拿去乱穿,这是存了四十多年的老古董咧!"

珊珊还是不依,她扭着腰肢,撒娇地说:

"我要拿去给同学们看。我要告诉她们,这是我祖母结婚穿的百裥裙!"

"谁告诉你这是你祖母结婚穿的啦?你祖母根本没穿过!"妈妈不在意地随口就讲了这么一句话,珊珊略显惊奇地瞪着眼睛看妈咪,爸爸却有些不耐烦地责备妈妈说:

"你跟小孩子讲这些没有意思的事情干什么呢?"

但是妈妈不会忘记祖母的,她常说,因为祖母的关系,爸爸终于去国十年回来了,不然的话,也许没有珊珊的三个哥哥,更不要说珊珊了。

爸爸当然更不会忘记祖母,因为祖母的关系,他才决心到日本去读书的。

在这里,很少——可以说简直没有人认识当年的祖母,当然更不知道金鲤鱼有一条百裥裙的故事了。

六岁来到许家

许大太太常常喜欢指着金鲤鱼对人这么说:

"她呀,六岁来到许家,会什么呀?我还得天天给她梳辫子,伺候她哪!"

许大太太给金鲤鱼的辫子梳得很紧,她对金鲤鱼也管得很紧。没有人知道金鲤鱼的娘家在哪儿,就知道是许大太太随许大老爷在崇明县的任上,把金鲤鱼买来的。可是金鲤鱼并不是崇明县的人,听说是有人从镇江把她带去的。六岁的小姑娘,就流离转徙地卖到了许家。她聪明伶俐,人见人爱。虽然是个丫头的身份,可是许大太太收在房里当女儿看待。许家的丫头多的是,谁有金鲤鱼这么吃香?她原来是叫鲤鱼的,因为受宠,就有那多事的人,给加上个"金"字,从此就金鲤鱼金鲤鱼地叫顺了口。

许大太太生了许多女儿,大小姐,二小姐,三小姐,四小姐,五——还是小姐。到了五小姐,索性停止不生了。许家的人都很着急,许大老爷的官做得那么大,她如果没个儿子,很遗憾吧。因此老太太要考虑给儿子纳妾了。许大太太什么都行,就是生儿子不行,她看着自己的一窝女儿,一个赛一个地标致,如果其中有一个是儿子,也这么粉团儿似的,该是多么的不同!

那天许大太太带着五个女儿,还有金鲤鱼,在花厅里做女红。她请了龚嫂子来教女儿们绣花。龚嫂子是湖南人,来到北京,专给宫里绣花的,也在外面兼教闺中妇女刺绣。许大太太懂得一点刺绣,她说苏绣虽然翎毛花卉山水人物无不逼肖,可是湘绣也有它的特长,因为湘绣参考了外国绣法,显得新鲜活泼,所以她请了龚嫂子来教刺绣。

龚嫂子来了,闺中就不寂寞,她常常带来宫中逸事,都不是外面能知道的。所以她的来临,除了教习以外,也还多了一个谈天的朋友。

那天许大太太和龚嫂子又谈起了老爷要纳妾的事。龚嫂子忽然瞟了一眼金鲤鱼,努努嘴,没说什么。金鲤鱼正低头在白缎子上描花样。她这时十六岁了,个子可不大,小精豆子似的。许大太太明白了龚嫂子的意思,她寻思,龚嫂子的脑筋怎么转得那么快,眼前摆个十六岁的大丫头,她以前怎么就没想到呢!

金鲤鱼是她自己的人，百依百顺，逃不出她的手掌心。把金鲤鱼收房给老爷做姨太太，才是办法。她想得好，心里就畅快了许多，这些时候，为了老太太要给丈夫娶姨太太，她都快闷死了！"

六岁来到许家，十六岁收房做了许老爷的姨太太，金鲤鱼的个子还抵不上老爷书房里的小书架子高呢！就不要紧，她才十六岁，还在长哪！可是，年头儿收的房，年底她就做了母亲了。金鲤鱼真的生了一个粉团儿似的大儿子，举家欢天喜地，却都来向许大太太道喜，许大太太高兴得嘴都合不拢了。

许大太太不要金鲤鱼受累，奶妈早就给雇好了。一生下，就抱到自己的房里来抚养。许大太太没有什么可操心的了。许大老爷，就让他归了金鲤鱼吧！她有了振丰——是外公给起的名字——就够了。

有许大太太这样一位大太太，怪不得人家会说：

"金鲤鱼，你算是有福气的，遇上了这位大太太。"

金鲤鱼也觉得自己确是有福气的。可是当人家这么对她说的时候，她只笑笑。人家以为那笑意便是表示她同意和满意，其实不，她不是那意思。她认为她有福气，并不是因为遇到了许大太太，而是因为她有一个争气的肚子，会生儿子。所以她笑笑，不否认，也不承认。

无论许大太太待她怎么好，她仍然是金鲤鱼。除了振丰叫她一声"妈"以外，许家一家人都还叫她金鲤鱼。老太太叫她金鲤鱼，大太太叫她金鲤鱼，小姐们也叫她金鲤鱼，她是一家三辈子人的金鲤鱼！金鲤鱼，金鲤鱼，她一直在想，怎么让这条金鲤鱼跳过龙门！

到了振丰十八岁，这个家庭都还没有什么大改变，只是这时已经民国了，许家的大老爷早已退隐在家做遗老了。

这一年的年底，就要为振丰完婚。振丰自己嫌早，但是父母之命难违，谁让他是这一家的独子，又是最小的呢！对方是江宁端木家的四小姐，也才不过十六岁。

从春天两家就开始准备了。儿子是金鲤鱼生的，如今要娶媳妇了，金鲤鱼是什么滋味？有什么打算？

有一天，她独自来到龚嫂子家。

绣个喜鹊登梅吧

龚嫂子不是当年在宫里走动的龚嫂子了,可是皇室的余荫,也还给她带来了许多幸运。她在哈德门里居家,虽然年纪大了,眼睛不行了,不能自己穿针引线地绣花,可是她收了一些女徒弟,一边教,一边也接一些定制的绣活,生意很好,远近皆知。东交民巷里的洋人,也常到她家里来买绣货。

龚嫂子看见金鲤鱼来了,虽然惊奇,但很高兴。她总算是亲眼看着金鲤鱼从小丫头变成大丫头,又从大丫头收房作了姨奶奶,何况——多多少少,金鲤鱼能收房,总还是她给提的头儿呢。金鲤鱼命中带了儿子,活该要享后福呢!她也听说金鲤鱼年底要娶儿媳妇了,所以她见了面就先向金鲤鱼道喜。金鲤鱼谢了她,两个人感叹着日子过得快。然后,金鲤鱼就说到正题上了,她说:

"龚嫂子,我今天是来找龚嫂子给绣点东西。"

于是她解开包袱,摊开了一块大红洋缎,说是要做一条百裥裙，绣花的。

"绣什么呢？"龚嫂子问。

"就绣个喜鹊登梅吧！"金鲤鱼这么说了，然后指点着花样的排列，她要一幅绣满了梅花的"喜鹊登梅"，她说她就爱个梅花，自小爱梅花，爱得要命。她问龚嫂子对于她的设计，有什么意见？"

龚嫂子一边听金鲤鱼说，一边在寻思，这条百裥裙是给谁穿的？给新媳妇穿的吗？不对。新媳妇不穿"喜鹊登梅"这种花样，也用不着许家给做，端木家在南边，到时候会从南边带来不知道多多少少绣活呢！她不由得问了：

"这条裙子是谁穿呀？"

"我。"金鲤鱼回答得很自然，很简单，很坚定。只是一个"我"字，分量可不轻。

"噢——"龚嫂子一时愣住了，答不上话，脑子在想，金鲤鱼要穿大红百裥裙了吗？她配吗？许家的规矩那么大，丫头收房的姨奶奶，哪就轮上穿红百裥裙了呢？就算是她生了儿子，可是在许家，她知道得很清楚，儿子归儿子，金鲤鱼归金鲤鱼呀！她很纳闷。可是她仍然笑脸迎人地依照了金鲤鱼所设计的花样——绣个满幅喜鹊登梅。她答应赶工半个月做好。

喜鹊登梅的绣花大红百裥裙做好了,是龚嫂子亲自送来的。谁有龚嫂子懂事?她知道该怎么做,因此她直截了当地就送到金鲤鱼的房里。

打开了包袱,金鲤鱼看了看,表示很满意,就随手叠好又给包上了,她那稳定而不在乎的神气,真让龚嫂子吃惊。龚嫂子暗地里在算,金鲤鱼有多大了?十六岁收房,加上十八岁的儿子,今年三十四喽!到许家也快有三十年喽,她要穿红百裥裙啦!她不知道应当怎么说,金鲤鱼到底该不该穿?

金鲤鱼自己觉得她该穿。如果没有人出来主张她穿,那么,她自己来主张好了。送走了龚嫂子回到房里,她就知道"金鲤鱼有条百裥裙"这句话,一定已经被龚嫂子从前头的门房传到太太的后上房了,甚至于跨院堆煤的小屋里,西院的丁香树底下,到处都悄声悄语在传这句话。可是,她不在乎,金鲤鱼不在乎。她正希望大家知道,她有一条大红西洋缎的绣花百裥裙了。

很早以来,她就在想这样一条裙子,像家中一切喜庆日子时,老奶奶,少奶奶,姑奶奶们所穿的一样。她要把

金鲤鱼的百裥裙

金鲤鱼和大红百裥裙，有一天连在一起——就是在她亲生儿子振丰娶亲的那天。谁说她不能穿？这是民国了，她知道民国的意义是什么——"我也能穿大红百裥裙"，这就是民国。

百裥裙收在樟木箱子时，她并没有拿出来给任何人看，也没有任何人来问过她，大家就心照不宣吧。她也没有试穿过，用不着那么猴儿急。她非常沉着，她知道该怎么样的沉着去应付那日子——她真正把大红绣花百裥裙穿上身的日子。

可是到了冬月底，许大太太发布了一个命令，大少爷振丰娶亲的那天，家里妇女一律穿旗袍，因为这是民国了，外面已经兴穿旗袍了，而且两个新人都是念洋学堂的，大家都穿旗袍，才显得一番新气象。许大太太又说，她已经叫了亿丰祥的掌柜的来，做旗袍的绫罗绸缎会送来一车，每人一件，大家选吧。许大太太向大家说这些话的时候，曾向金鲤鱼扫了一眼。金鲤鱼坐在人堆里，眼睛可望着没有人的地方，身子扳得纹风不动，她真沉得住气。她也知道这时有多少只眼睛向她射过来，仿佛改穿旗袍是冲着她一个人发的。空气不对，她像被人打了一闷棍子。她真没想到这一招儿,心像被虫啃般的痛苦。她被铁链链住了,想挣脱出来一下,都不可能。

到了大喜的日子,果然没有任何一条大红百裥裙出现。不穿大红百裥裙,固然没有身份的区别了,但是,穿了呢?不就有区别了吗?她就是要这一点点的区别呀!一条绣花大红百裥裙的分量,可比旗袍重多了,旗袍人人可以穿,大红百裥裙可不是的呀!她多少年就梦想着,有一天穿上一条绣着满是梅花的大红西洋缎的百裥裙,在上房里,在花厅上,在喜棚下走动着,窸窸窣窣的声音,是从熨得平整坚实的裙裥子里发出来的。那个声音,曾令她羡妒,令她渴望,令她伤心。

一去十年

当振丰赶到家,站在他的亲生母亲的病榻前时,金鲤鱼已经在弥留的状态中了。她仿佛睁开了眼,也仿佛哼哼地答应了儿子的呼声,可是她什么都不知道了。

这是振丰离国到日本读书十年后第一次回家——是一个急电给叫回来的。不然他会待多久才回来呢?

当振丰十八岁刚结婚时,就感觉到家中的空气,对他的亲生母亲特别地不利,他也陷入痛苦中。他有抚养着他的母亲,宠惯着他的姐姐,关心着他的父亲,敬爱着他的亲友和仆从,但是他也有一个那样身份的亲生母亲。他知道亲生母亲有什么样的痛苦,因为传遍全家的"金鲤鱼有一条百裥裙"的笑话,已经说明了一切。在这个新旧思想交替和冲突的时代和家庭里,他也无能为力。还是远远地走开吧,走离开这个沉闷的家庭,到日本去念书吧!也许这个家庭没有了他这个目标人物,亲生母亲的强烈的身份观念,可以减轻下来,那么她的痛苦也说不定会随着消失了。他是怀着为人子的痛苦去国的,那时的心情只有自己知道,让他去告诉谁呢!

他在日本书念得很好,就一年年地待下去了。他吸收了更多更新的学识,一心想钻研更高深的学问,便自私得顾不得国里的那个大家庭了。虽然也时时会兴起对新婚妻子的歉疚,但是结果总是安慰自己说,反正成婚太早,以后的日子长远得很呢。

现在他回来了,像去国是为了亲生母亲一样,回来仍是为了她,但母亲却死了!死,一了百了。可是他知道母亲是含恨而死的,恨自己一生连想穿一次大红百裥裙的机会都被剥夺了,对她是一件多么残酷的事。她是郁郁不欢地度过了这十年的岁月吗?她也恨儿子吗?恨儿子远行不归,使她在家庭的地位,更不得伸张而永停在金鲤鱼的阶段上。生了儿子应当使母亲充满了骄傲的,她却没有得到,人们是一次次地压制了她应得的骄傲。

振丰也没有想到母亲这样早就去世了,他一直有个信念,总有一天让这个叫"妈"的母亲,和那个叫"娘"的母亲,处于同等的地位,享受到同样的快乐。这是他的孝心,悔恨在母亲的有生之年,并没有向她表示过,竟让她含恨而死。

这一家人虽然都悲伤于金鲤鱼的死,但是该行的规矩,还是要照行。出殡的那一天,为了门的问题,不能解决。说是因为门窄了些,棺材抬不过去。振丰觉得很奇怪,他问到底是哪个门嫌窄了?家人告诉他,是说的"旁门",因为金鲤鱼是妾的身份,棺材是不能由大门抬出去的,所以他们正在计划着,要把旁边的门框临时拆下一条来,以便通过。

振丰听了,胸中有一把火,像要燃烧起来。他的脸涨红了,抑制着激动的心情,故意问:

"我是姨太太生的,那么我也不能走大门了?"

老姑母苦笑着责备说:

"傻孩子,怎么说这样的话!你当然是可以走大门……"

振丰还没等老姑母讲完,便冲动地,一下子跑到母亲的灵堂,趴伏在棺木上,捶打痛喊着说:

"我可以走大门,那么就让我妈连着我走一回大门吧!就这么一回!就这么一回!"

所有的家人亲戚都被这景象吓住了。振丰一直伏在母亲的棺木上痛哭,别人也不知道该怎么劝解,因为太意外了。结局还是振丰扶着母亲的棺柩,堂堂正正地由大门抬了出去。

他觉得他在母亲的生前,从没有能在行为上表示一点孝顺,使她开心,他那时是那么小,那么一事无知,更缺乏对母亲的身份观念的了解。现在他这样做了,不知道母亲在冥冥中可体会到他的心意?但无论如何,他沉重的心情,总算是因此减轻了许多。

现在算不得什么了

看见妈妈舍不得把百裥裙给珊珊带到学校去,爸爸倒替珊珊说情了,他对妈妈说:

"你就借她拿去吧,小孩子喜欢,就让她高兴高兴。其实,现在看起来,这些都算不得什么了!那时,一条百裥裙对于一个女人的身份,是那样地重要吗?现在想来,真是不可思议的。看女学生只要高兴,就可以随便穿上它在台上露一露。唉!时代……"

话好像没说完,就在一声感喟下戛然而止了。而珊珊只听了头一句,就高兴得把百裥裙抱了起来,其余,爸爸说的什么,就完全不理会了。

妈妈也想起了什么,她对爸爸说:

"振丰,你知道,我当初很有心要把这条百裥裙给放进棺材里,给妈一起陪葬算了,我知道妈是多么喜欢它。可是……"

妈也没再说下去了,她和爸一时都不再说话,沉入了缅想中。

珊珊却只顾拿了裙子朝身上比来比去,等到裙子扯开来是散开的两幅,珊珊才急得喊妈妈:

"妈咪,快来,看这条裙子是怎么穿法嘛!"

妈拿起裙子来看看,笑了,她翻开那裙腰,指给爸爸和珊珊看,说:

"我说没有人穿过,一点儿不错吧?看,带子都还没缝上去哪!"

某些心情

真羡慕你的忙，贝丽！其实我前天从你家门口经过的，并且看见你的大女儿骑了车放学回家，正天真地按着车铃代替叫门，铃声零零零急切地响着，想见你扔下炒菜铲子，用围裙擦抹头上的汗珠，赶着跑出来给女儿开门，然后又匆忙地跑回厨房，拿起铲子，赶快搅动锅里快焦了的菜。这时我怎好再进去打扰你，所以我略一犹豫，就让车子过去了。谁想到你昨天就来信说要我到你家聊聊呢！

我的工作是呆板的，人家问我："你管什么呀？"我说只管画一些图。问我的人一定很为我高兴，"啊！那不正是你所喜欢的吗？怎么找到这么一份对你合适的工作哪！"我会以微笑来答复朋友对我的关心。其实，我画的是什么图啊？只是统计图而已！但我仍要感谢替我找到这份工作的朋友，当他们说要找一位会画图的职员时，我的朋友一下子就想到陷于困境的我，正是个会画图的人。我呢？我是只急着想找一份事。就满口答应下来了！我大言不惭地说，我当然会画啦！我学的是这一门儿嘛！其实，我学的各种图中，却没有统计图呀！我真大胆，正像你们北平人说的：人急悬梁，狗急跳墙！我就像狗一样的急，从图画跳到统计上来了！我跑到图书馆看了一天统计方面的书籍，就大摇大摆地上工了。

乡下的空气真好，蓝天很广大，到了黄昏，人就像浸在浓色的葡萄酒里，照图画的眼光看来，美极了。这时我下班了，夹着图画板，踏着清洁的石子路回我的住处去。我逢人点头微笑，仿佛是一个忙碌工作了一天的人，现在要回家享受愉快的家庭生活了！其实，我摘取一片路旁小树上的叶子，放在嘴里嚼，非常寂寞。

这时我就会想，去看贝丽吧，听她谈点儿什么也是好的呀！

我回到住处，不想做什么，也没有什么可做的。洗我的手绢，吸我的香烟，想我的心事。我但愿忙碌，并不愿想心事。周围没有可谈的人，我像站在一片荒岛上。这难道是我自找的？我有时也真想有点腰酸骨痛的毛病来折磨折磨自己。这个想法太该打了！

带上我的亲吻给你美丽的女儿吧，她是一个大姑娘了。我第一次见你的时候，你就像你的女儿这样大吧！但是我第二次见你，却是在远隔了二十年后的现在，说起来可真是老朋友了，虽然中间有二十年我们彼此都没遇见，也不知道对方的情形。我很珍惜我和你再见的这段友情，因为你曾看见了我的最初的"某些情形"，又看见了我现在的"某些情形"。

当赵先生跟我说，有一位我的"老朋友"在打听我时，我记不起你是谁了，说实话，就是赵先生把我带到你家时，我见到你们夫妇，似曾相识，却没有深刻的印象了。但在北平和你们几次的交游，却深切记得的，都是艺术、戏剧和新闻界的朋友。大家是又亲切、又热闹，你们是夹在其中的两员，这个记忆是整体的，所以不能单独记起你们俩了。你们俩那时还没有结婚，也在热恋中吧！啊！像我们俩一样的，是在热恋中啊！

接到你的信，我写到这儿停住了。十天下来，我想把信撕掉,人到你那里去聊聊,还不是一样么?可是说话和写信,常常是不同的,尤其对于笨嘴拙舌的我来说。上面写写停住了,因为它勾起了我的"某些心情"。

当赵先生给我们重新引见了以后,天真的你,马上就提起当年事来,虽然多年来我不愿意再见到老朋友,但是这次我既然出现了,而且出现在老朋友的面前,那么我就不在乎你们喜欢谈起当年事了。所以,我们初次重见,确实像老朋友一样,我很讲了一些经过给你们听。只是,我所讲的,是"情形",而不是"心情",我的心情,我们留待着慢慢地讲,不要一次把话都说光了,我们的友谊就又断啦!一笑。

最近恐怕不能到你处去了,统计图的工作,忽然繁重起来,据说是"上头"要了解我们的详细情形,所以加紧加班,这回可给了我忙,不必再羡慕你了。

喜欢我昨天给你的一张画吗?人是要忙才起劲儿的,我越是统计图画得多,便越报复地想画我自己的画。儿童心理学上说,儿童到了某个阶段,是具有强烈反抗意识的,所以孩子们在几岁时便常常吐出"不!"这个字眼儿来。我却以为,反抗意识是人类的天性,与生俱来的,哪分什么年龄！你说是不是？贝丽？

我就是一个反抗者，虽然许多次失败了，但我仍然在反抗中，我连画统计图都反抗。我不能以"不画"来反抗，却以"画别的"来反抗，这便是我最近作画的情形，也是我送你一张画的来由。

我结婚的时候，他有意要我搁下画笔，不是不要我画，而是要我离开艺术界的朋友。我也很想这样，扔掉"过去"吧！跟完全不相干的他合作吧！他和我的籍贯，天南海北；他和我的志趣，毫不相投。贝丽，这有什么了不起呢？我们的母亲的婚姻，不都是这样陌生的结合吗？

这个人是母亲替我找来的，据说他可以原谅我的一段荒唐的过去，因为我是被欺诱的，是值得原谅的，但是有一个条件，我要搁下画笔，以及艺术方面的，不管什么。艺术所招致来的浪漫生活害了我，他们给我这样的警惕。

我当时完全麻木了，因为确实那个人毁了我一下，然后他走了，给了我这么样的难堪。我恨他，所以我听从了母亲，嫁给另外的一个人。这回是真正地"嫁"了，母亲拿我当做一块纯白的玉，给了我丰富的嫁妆，一礼堂的客人（除了没有艺术家们！），粉妆玉琢地把我送入了洞房。

一切从头儿做起,谁知道我身心受了多么大的创伤!

想来也很滑稽,贝丽,一个女人怎么能第一次是随便和一个男人在一起,第二次反倒正正经经地结起婚来了?

我的确没有再"艺术"了,那些朋友都渐渐地淡忘了我。但是我在家里也还是被容许"艺术"一下子的,比如我有一本速写本,上面画满了我的寂寞,我想起了什么,看见了什么,就画上去。他根本不看的,也从来不问,视若无睹。但是有一天我画了一只小提琴,我们却有几个月没说话。你的先生是不是这样的人?我想他不是的,他见了我总不忘记跟我开个玩笑,好像我和你们二十年来一直是没有断过往来的老朋友似的,他多天真有趣,你的先生。可是他却不啊!我希望他把那张提琴的画撕了,跟我吵一顿,然后我负气出走,他把我劝回来什么的,但是没有,有什么比不说话更可怕的?贝丽。

可是这样的生活,二十年下来了。

贝丽,不用说,那只小提琴的图画,你是明白的。你也曾是小提琴的听众,不是吗?

那时我心中充满了不顾一切的意志,跟着他的琴声到了你们那个北平。一下火车,人们就把我们拥进了一个什么楼,吃着又肥又油又亮的烤鸭子,我是不是那天认识你的?贝丽?我不记得了,男男女女一屋子,听说有记者,没有你们吗?你不是说,你曾是一个小小的女记者吗?

人们没有发现我,因为他是那天的英雄,他们正在给他安排演奏的日期。我喜欢看英雄,我倾倒于他,失身于他,在你们那个北平。然后回到南方,我就被扔开了。太快了,他的琴声我还没听清楚呢?你听清楚了没有?贝丽?他奏的难道不是协奏曲而是暴风雨前奏曲吗?

后来人们注意起我来了,说小提琴家身边有个女孩子,有了一些传言,或真或假。后来说开了,也没有什么可避讳的,北平离南方那么远,离我的家那么远。我倾心于他,恐怕已经流露在我的举止和表情上了吧?小小女记者,你当时的观感如何?

贝丽,想当年,我们在北平游山玩水的那一阵,当然,我和你谈不上互相了解,我们认识得很浅。但是现在我一看到你,就等于翻开了自己的历史。

上西山碧云寺、卧佛寺的那次有没有你?有的,你说过。我们合拍了一张照片,所有的人排坐在碧云寺的石牌坊下,只有一个横躺在咱们大家的前面,学着卧佛的姿势,那就是他。他很高,非常的英俊。我已经委身于英雄了,愿意做他的琴,被他提携着。

贝丽,希望你不要勾起我的回忆吧!我现在是一块又湿又烂的抹布,随便甩在那儿。对女人来说,是悲惨的,但也极普通。

写了这些,仿佛太远了,没有主题,谈不拢,你也许以为我是感到悲哀而写的,别那么以为,我因为高兴才这样写点跟你聊聊的。你的时间比我宝贵,但是我猜想你还是喜欢有个圈外的朋友跟你谈谈吧!

我认识你的那年,也是我刚踏进人群中"混"的时候,时期不长,便结束了社会生活,放弃一切,嫁人回到家庭来。现在,我又出来"混"了,可是好疲倦啊!没有以前那种勇气了,你看也看得出,先这么混混再说吧!我既然已经出来了。

我回了南部一趟。大老远地从屏东给你带了一个大西瓜,从火车上提下来差点儿没砸烂,送到府上你却没在家。听说你给孩子们买花布去了。你的女儿很高兴,她说妈要给我们做篷裙,每件要四码布。我的天,她们高大得这样费材料了吗?你的兴致怎么这么高?你的女孩子围着我,问我墙上挂的画是画的什么人?抗战时期西南行脚,我画了一些苗女,这次我回家,顺便到屏东不远的山地门,又画了一些当地妇女,我很喜欢画乡土色彩的服装人物,但是我不会做衣服,这次回家,我买几件衬衫给孩子,如果我会做,孩子一定更高兴。

我是为了孩子有病回去的,我陪伴他,他说:"妈妈,你在身边,我生活得比较有意思。"你听听,讲这种话了,你还忍心走开吗?可是我仍然走开了,又回到北部来。我要摆脱那种几乎窒息了我二十年的空气。这反抗的心情,是这样的强烈,有什么办法呢!孩子是可以放心的,父亲待他非常好。我们的女儿,很小很小在抗战的后方就夭折了,现在我们唯一的只有这个儿子啊!他很爱说话,不像他的爸爸。现在的孩子,真是了不得(你不以为我是在夸"儿子自己的好"吧),我决心再离开家时,曾征求儿子的意见,他仿佛毫不在乎,挥挥手说:

"你要去,就去算了,我同时面对着你们俩时,就想开窗户。"

"为什么呢?"

"空气特别地闷人!"

哟哟！他居然说出这样的话来了。所以我就放心地北来了。

但是贝丽，我最近可能到花莲去看看，太鲁阁你不是很喜欢吗？我也要去走一趟。

贝丽，你最近听到了什么没有？关于我的？有没有人讲到我？有一天，我听到一件事情，便喝醉了。我不知道为什么这样激动，按住我的心口，嘱咐自己安静下来，但是不可能。我的年龄，我的多年沉静的心境，是不应该这么激动的，可是我忍受不了，最后还是决定到花莲去。

我这时的心情只有我自己知道，一点也不能透露给别人，苦极了，这才叫折磨，好像一块绸子，从那结实的边沿，怎么也撕不开，让我剪开一个小裂口吧，让我用力地，从那剪口，一下子就撕开了。要用力才行啊！要有勇气才行啊！

贝丽！我是在屏东的家里给你写这封信的。我又回来了，离开了花莲，离开了台北。

孩子太想念我了，他说："我说让你走，那是安慰你，我知道你闷气，要你去台北散散心。但是你走了，我的生活少了许多趣味。"

你听，他说话竟是老腔老调的！他又说："妈妈！你的枕头好香啊！"

其实，我是懒散的人，不太整理衣物，我的枕头怎么会香呢？不过是孩子想亲近我罢了。

因此，我就回来了。

确是"因此"，我才回来的吗？啊！贝丽。

我没有去向你辞别，怕让你看见我憔悴的形容。从花莲回来，我就病倒了，太疲倦了，太疲倦了，这身心。我想去看你，拖不动自己的身体和心情，却把自己拖回了屏东的家。

贝丽，我负气自家中出走时，是决心要在外面闯天下的，当然，"天下"谈不到，我只想给自己找个安身之地，我只想摆脱那沉闷的人二十年来所给予我的一切。贝丽，我不是讲他不好，他对人、对事，都没有什么不好，只是我跟他合不来。我并不恨他。听说没有恨，便没有爱，是吗？

可是这回我做了"回汤豆腐干"——江浙人的说法。

贝丽，记得我临去花莲时给你的信吗？我心中突然充满了旧日的情感，跑到花莲去。在那信上，我几乎向你冲口说出来，可是又忍住了。

是我听说他在花莲。

在那样一个境况下——烦闷欲死，无可奈何的境况下，听说他在花莲，立刻激起了我胸中的浪涛，它把我撞击得东颠西歪，我一点也把不住自己的舵了。我为什么这样呢？他是我所恨的人啊！但，贝丽，他也曾是我所爱的人啊！那种倾心的爱，在他以前和以后，都没有过的。我不是感情的骷髅，我毕竟是曾经爱过的。我要去看他的心情，高昂极了，不可压制。我喝了许多酒，想烂醉下来，克制自己，但是不可能。也许将近二十年来，我的感情抑制得太厉害了，它今番崩溃了，我心中的堤坝不足以防。

有近二十年，我没有听到他的信息了，并不是因为我离开艺术界的关系，而是那时他也从艺术界消失了。报纸上看不见他演奏的报导，曾听说过，他的女人，一个一个地换下去，他只喜欢女人，不喜欢他的提琴了。对于他的情形，我知道到这个地步为止。

苏花公路上，看无边的海洋，心胸忽然开阔了，北平游山玩水的情景，不住地随着眼前太平洋此岸的波涛，向我心海中灌注。英雄的形象清晰了，海上传来协奏曲的柔和的韵律，一切都显得美好了。忘记时间，忘记怨恨，仿

某些心情

佛我是在北平的那年春天,蒙着头纱,骑小驴和你们爬香山的心情。听说从香山那个双清别墅再往里往上爬,可以爬上了"鬼见愁"那块山头的话,不是一件容易的事。贝丽,我的记忆错不错?苏花公路也是一条令人喜爱又惊悸的公路,有人形容苏花公路的惊险说:"不可不去,不可再去。"其实没那么严重的,但是在清水断崖那些狭路的转弯,真吓得让人闭起眼睛来,因为司机在转弯,你却以为他在朝海里开!这激荡的心情,不正像小黄驴伕上山小路在奔驰一样吗?为了一个莫名的希望,惊险就不算惊险了。

花莲有一所中学,办得还不错,听说他在那里教书。我天真地想,他受够了女人的折磨了,心情趋归宁静,找到花莲那个遥远又安静的地方住下来,教教书淡泊自如。他的住处,傍着山脚,竹篱笆的围墙,桧木的地板,充满了乡土色彩的竹器,有一个阿美族的小姑娘给他烧茶煮饭,在窗下听她独身的主人的琴声………

我的来临,会使他惊异而惭悔的,我也许会向他苦笑,他可能说:"珊珊,你一点都不老!"是的,我一点都没有老,我这时的情感,是流连于北平时的情感,怎么会老呢!

啊,满纸荒唐言。

我没有因为要去晤见他而感到紧张，我在没有到达目的地以前，想得那么多，如今还有什么可想的呢？因此我的心情也变得极宁静，像走一条熟悉的回家的路，踏进了中学的大门。

传达室的工友回答我说："有洪丹里这么一位老师。"说他住在校园后门外右边那间小房子里。

我的步履缓慢了。我来时急于要看见他，但是现在快到了，我反倒愿意有一个从容的时间，有一条比较长而曲的路，通到他的住处，好让我多走一会儿，多盼一会儿。

贝丽，让我再说下去，未免对我太残忍，但是我知道你急于看下去，你替我捏一把汗，不知我将如何会见他。贝丽，有一两分钟的凝视，我就离开了，那一团火炽的希望，竟熄灭得这样快！

的确有一道篱笆墙，小木板门敞开一扇，有一个老头儿在扇一炉火，他直起身来，背是佝偻的。我想上前打听一下的时候，我才立刻发现，这佝偻的老头儿，就是我要寻找的梦中的英雄！我马上把伸进木板门的一只脚倒退出来。有一个小脏孩子从屋里出来，冲着他叫爸爸，他厌恶地用扇子把去拍打孩子，我凝视了一下，不等他抬头来，我就返身走开了。

这不是会见,只是奇异的瞥见,没有惊喜,没有情意,没有怜悯。

但是我回到台北就病倒了,我只感到身心从来没有过的疲倦。一张薄木板床托住我的生命,我的失落的心情,很苦呢!

就在这时,小儿子的信来了。他说了前面我所写的话,他又说,如果妈妈你不督促我读书,我就加入恶性补习的行列吧,中学考试太难了。

贝丽,其实我没有资格把自己搁在伤感的情绪里的,看看我能不能把自己从难堪的现实中站起来。

蟹壳黄

自从两个月前,公共汽车站变换位置,把车牌改到转角这条马路来,我们才发现这家名为"家乡馆"的豆浆店。那天早晨,凡赶公共汽车,我上菜场,在家乡馆门前,偶然看见已经晒褪色的红纸广告牌上写着:"本店早点油酥蟹壳黄",我们便第一次迈进了家乡馆。屋子小得厉害,只放了三张小方桌,我们在靠墙角的一张"雅座"上坐下,没人来招呼。门前打烧饼的绿格衬衫少年,一心一意地往灶口里掏那烤熟的蟹壳黄,掏一个,甩一甩手,吹一口气,满面油光,满头大汗,看样子,工作的热情有余,技术不够。店里只有两个人,身后蹲着一位在洗碗筷,缩在那儿,低着头,只看见一条长鼻子。

"喂！"我喊了一声，有点生气。

长鼻子没有动弹，绿格衬衫倒回过头来，发现把我们冷落了，皱着眉急忙喊："喂，招呼人客呀！"

一听口音就知道他是广东人，管客人叫人客，我还猜想他是岭东的人。他的天庭高，眼睛深，一身黑腱子肉，不像小本经营的买卖人，倒像什么香港菲律宾来的球员。这一叫有了用，长鼻子慢吞吞地站起来，先把碗筷放好，才移步到我们面前来。我这时看清楚那鼻子实在太长了，不禁想起日本芥川龙之介的小说《鼻子》来。也使我想起《鼻子》里描写禅智法师的鼻子有五六寸长，确是可能的；因为眼前这条长鼻子，从根到尖，总也和禅智法师的不相上下了。他整个脸上的肉都仿佛随着鼻子的重量垂下来。他不笑，苦哈哈的；笑起来，阴森森的。第一天我们就有福看到他的笑容，因为他把我们要的蟹壳黄递到对面桌上去了，人家要的甜浆卧白果，他却颤悠悠地端到我面前来。我们这桌和对面那桌的客人，都冷眼看着不言语，他看两边都不动嘴，才发现了自己的错误，咧嘴一笑：

"哟！这一早上挨噌挨的，糊涂啦！"

说着就把两边的早点调换过。一听这地道的北平口气，我和凡不由相视一笑。鼻子虽长，样子虽冷，对我们，却也有份亲切感。

以后一连几天，我们都是家乡馆的座上客。因为有人管绿格衬衫叫"小黄""老黄"，又做的是蟹壳黄，我给他起了个外号叫"蟹壳黄"，当然这只限于我和凡背地里谈话叫的。几天下来，对家乡馆有了点认识，蟹壳黄是老板，长鼻子是伙计。伙计年纪虽然比老板大了一倍，但是因为地位的关系，不得不时时刻刻挨老板的骂。本来做事就慢，大概被骂了心有未甘，就更加表现他的缺点，以示抵抗吧！有一天蟹壳黄又督促长鼻子做什么，但是长鼻子尽管哗啦哗啦地洗刷碗筷，不动窝儿，蟹壳黄急了，一副气急败坏的相儿，自己横冲直撞地跑到后院去。长鼻子这时才慢条斯理地站起来，一边把碗筷送到桌上，一边面部无表情地自言自语着："蟹壳黄！属螃蟹的，横爬！"

三张"雅座"上的六个客人都笑了，我差点儿把原汁豆浆喷出来！我是笑怎么我们不约而同地都给老板起了同样的外号？长鼻子把客人逗笑了，他并不笑，依然是那副冷冰冰的样子。

又过了几天，家乡馆忽然贴出新的红纸广告来了，原

蟹壳黄

来是除了油酥蟹壳黄、油条、原汁豆浆以外，又加了"小笼包子"一项，门前也多了一口炉灶和一块案板，站着一条大老黑粗的汉子，在那儿揉面包包子。小屋里又硬摆下一张雅座，把长鼻子所心爱的洗碗部挤到墙角去了。

虽然添了客人，添了工作，长鼻子的慢动作并没有改变。本来也是，客人吃剩下的碗筷总要洗刷的，如果他放下碗筷去招呼客人，没有碗，他怎么盛豆浆呀！我渐渐地同情长鼻子了。他做事总算是有条理，听说他是剧团解散下来的，我又对他更增进一份亲切感，说不定我还是他的观众呢！不知他是唱什么的？整纱帽，捋胡子，抖搂袖子，一声咳嗽，他在豆浆店里也走的是台步呀！只怪蟹壳黄太少年气盛缺乏同情心了。我常常这么想。

做小笼包子的这位师傅，是山东大汉，十足表现了他那籍贯的传统性格。个子大，劲头儿足，耍在他手里的那块发面，总有十几斤吧，他把它放在案板上，翻过来掉过去地揉它、拍它，叭叭叭的，那块面，就像一个白胖女人的肉体在挨揍。小笼屉叠了十几层高，层层冒着热气。他不像蟹壳黄那样怕熏，热烟直向他只穿着一件线背心的胸脯上吹，也不当回事。

我们叫来一笼包子。我觉得包子个儿大了些，像小馒头丁，便轻轻对凡说："大概皮厚馅少，不像包子样儿。"凡还没答话呢，谁知长鼻子正拿醋来，他听见了，冷冷地说了一句："您吃吧！包子肉多不在褶儿上！"也不知道这句话是在挖苦老乡，还是在替老乡说话。包子虽然不算难吃，总觉得不够意思。吃完出了家乡馆，在去菜场的路上我不由得心想：这家乡馆，是算哪个的家乡呢？三个人，来自三个不同的地方：广东、北平和山东。而广东人和山东人却做着江南风味的蟹壳黄和小笼包子，戏班出身的京油子却当了店小二。

起初，还表现得不错，除了长鼻子冷言冷语甩几句老广听不懂的闲话以外，其余的两个人仿佛还能合作。因为各人卖各人的，不知道他们怎么分账法？但是我看见他们总把包子钱另外分出来，大概长鼻子是给他们两个人当伙计了。生意那一阵子的确不错，长鼻子更忙不过来了，反正他也不着急，还是走他的台步，只是把蟹壳黄气坏了。有一天凡叫了一碗咸豆浆和两笼包子，包子吃完了，豆浆还没来，凡大概犯了他学生时代在饭厅里的脾气，不催也不叫，一手拿一根筷子，轻轻敲打着桌子，表示无言的抗

议。这样忍了一会儿,听后面的洗碗声还没有停止的意思,凡便回过头对长鼻子开玩笑说:

"我们可是干噎了两笼包子了,豆浆怎么样了?黄豆还没上磨吗?"

这回长鼻子倒是阴森森地笑了一下,仿佛与他不相干似的,竟也玩笑地说:

"这叫三个和尚没有豆浆吃!"

蟹壳黄一听急了,赶快配好佐料舀了一碗豆浆,端来时用力"㘚"的一下顿在桌上,豆浆溅到桌子上,好像是跟客人过不去,其实他是在对长鼻子发脾气,还急不择言地骂了两句:

"我不知道北方人是这样地没出息!"他也不管吃早点的客人都是哪里人。

长鼻子哼了一声没答话,老乡倒开口了:

"可不能一概而论呀!"

还好老乡态度不太积极,说完也就过去了。客人们也都没搭茬儿,因为这是他们私人的事,乐得看热闹。只是我们白白地被顿一下,显得蟹壳黄太没礼貌了,但我们原谅他的心情。呆一下,蟹壳黄到后面去了,长鼻子从洗碗

部站起来,望着蟹壳黄的后影,冷冷然,慢吞吞地吐出了三个字:

"南—蛮—子!"

客人们忍不住哄堂大笑,老乡也哈哈大笑。这时蟹壳黄从里面出来了,又换了那件绿格衬衫。他不明白大家的笑容和对他的注视是为了什么,大概还当是他刚才骂对了,大家在笑长鼻子呢,所以他又侧头对长鼻子不屑地瞪了一眼。长鼻子也只当没看见,迈着台步走到老乡那儿去端小笼包子,顺口又嘟囔了一句:

"娘儿们刀尺!"

他明知道蟹壳黄听不懂他这句话,所以毫不顾忌地大胆当面说出来。客人们也没听清楚,我们这桌挨得近,听见了,也懂了。他是笑蟹壳黄穿绿格衬衫像女人打扮。蟹壳黄这时又好心好意地问老乡一件什么事,谁知老乡也不耐烦起来了:

"俺不知道!"

他粗声粗气地回敬了这么一句,随后用力打着那块白胖面,仿佛在打他那扔在济南府的女人出气。

蟹壳黄莫名其妙地回到他自己的烤灶前。空气有点不大协调，老乡打够了揉够了那块面，忽然又感慨地说："干吗呀！都是大陆上来的！"说完他自己倒冷笑了一声。

客人们吃完早点算账走出家乡馆，脸上都不免浮上一层笑意，是笑这店里的三人戏。我想着长鼻子的话，走出来还直想笑。凡对我说：

"对于客人，这真是一顿愉快的早点，但对这三个人来说，却是一个不愉快的合作。"

"合作是这样不容易的事啊！"我也不禁感慨。

果然，两个月来不愉快的合作，终于解散。这个预兆，我在头一天就知道了，那天长鼻子又背着蟹壳黄甩闲话了，恐怕是最后一次了吧？他虽对着老乡说，可是故意让客人听见：

"老乡呀！后儿咱们就颠儿啦！让蟹壳黄一个人摆忙去！"

小笼包子的红纸广告，早就风吹日晒地变黄了。他们同进退以后，蟹壳黄一个人寂寞地耍了几天，端浆、打烧饼、洗碗、算账，真够他一个人摆忙的。偶然下午从那里经过，还看见他在洗那件花格衬衫。

门口贴了两天"今日休业"的纸招后，家乡馆又新换了广告牌，太阳照着红纸，发出晃眼的红光，上面春蚓秋蛇地写了几行字："油酥蟹壳黄""油条""原汁豆浆"，还有"开口笑""生煎包子"。

蟹壳黄还是满头汗珠，在门口灶边做蟹壳黄。灶那边却站着一个细高个儿，鼻子周围一堆碎麻子，正在做生煎包子。包子上洒的几粒黑芝麻，就像他鼻子上那堆碎麻子。玻璃橱里摆满了叫"开口笑"的芝麻团，大平底锅里"披啦嗞啦"的是煎包子声。两个人连师傅带伙计，里外忙个不停，可是另有一番新气象。

"不知道这位小碎麻子是哪方的人？"坐下来，我就轻声问凡。

"左不是'大陆来台人士'！"

"那当然，我是说不知道是南蛮子还是……"我还没说完，就听见小碎麻子跟客人说话了：

"谢谢侬，谢谢侬，明朝会。"

好，不用说，这是道道地地做生煎包子那地方的人了，他们应当能够愉快地合作，因为都是大江之南的人呀！可是不尽然。碎麻子确是手艺好，也许是哪家上海馆子下来的。他仿佛要喧宾夺主，不但不听老板的指挥，而且还要反过来压蟹壳黄一头。两个人常常当着客人的面就说话冲突，广东人说官话，总是笨嘴拙舌的。碎麻子不说普通话，他直接用上海话数叨，又顺嘴又利落，抢上风的时候多。

有一天一个常去的客人见他们俩吵了以后，笑着说：

"照你们两个年轻小伙子的火气来看，我们的生煎包子恐怕吃不长喽！"

因为这只有一间门面的小房子是属于蟹壳黄的，不能合作，总是别人滚蛋。

碎麻子维持的时间更短，大家还没尝够生煎包子的味道呢，就已经成了陈迹，蟹壳黄又恢复到一人班了。

虽然只有油酥蟹壳黄一样点心，客人还是习惯到这里来吃早点，这恐怕跟公共汽车站有关系，它占了地利的好处，但是人和却不容易。客人都劝蟹壳黄，合作要有宽恕和忍耐的心肠，如果做不到却要跟人合作，那是徒增苦恼。我们和他也渐渐地熟了，由闲谈中才知道我以前的猜测不错，他确是原籍岭东的客家人，却在岭南长大，中学快毕业了，一个人到台湾来，是个性子憨直，略显急躁，但能勤勉苦干的标准客家人。也许是我自己的身体里流着一半客家人的血液，我知道客家人的性格，就不由得同情他了。

可是我以前也很同情长鼻子呢！我想乡土的观念总是难避免的，我在北平住了那么长一段时期。

想不到家乡馆又展开了一个新的合作。那天早晨我在家吃过早点上街，路过家乡馆，不免向里面瞥了一眼，咦？一个女孩子在给客人端豆浆呢！蟹壳黄低头专心工作于灶口上。添了女职员啦？对于家乡馆好像有了一份关切，它的演变如何，总希望知道。所以第二天我就牺牲了家里的早点，和凡又到家乡馆去了。我并不爱吃什么油酥蟹壳黄，所以自从生煎包子走了后，我只是偶一来之罢了。

小姑娘有十六七了，听蟹壳黄叫她阿娇，总该是雇的女工。早先就有客人向他提议过说，与其用像长鼻子那样的大陆来台人士，不如找个本地女孩工了。阿娇很乖巧，做事相当利落，眯缝眼，却总是笑意盎然，还不讨厌。

这回蟹壳黄可支使得痛快了，阿娇这，阿娇那，我真担心他犯了老毛病，又快把人支使烦了，不干了怎么办？

下午我到报馆去，在家乡馆的门前等公共汽车。生意清闲的下午，阿娇和蟹壳黄很无聊地各据一桌，闲坐着，四只眼睛望着街心发呆，想来他们还是陌生。阿娇是女孩子，总腼腆些，还不如上午客人多的时候活泼呢！

蟹壳黄

渐渐的,阿娇不听他支使了,有时他叫不应她,有时她噘着嘴瞪他,但是她把事情都做了,他也就不会像以前对长鼻子那种态度去对付阿娇了。有时他还要挨她的骂呢:

"污秽鬼!"

有一天,我冷眼看见蟹壳黄不小心把抹桌布掉进一碗豆浆里,他居然把抹桌布从豆浆碗里提出来,就要给客人端去,被阿娇这么骂了一句,而且抢过来把豆浆倒了,重新盛了一碗给客人。蟹壳黄遇见阿娇有什么办法呢,他只好一声不响地回到灶边打烧饼去了。

我对凡说:"小姑娘有办法制他!"

有两次在下午等车,我看见他们俩不那么发呆了,阿娇嘴里哼着歌,蟹壳黄在看晚报。阿娇唱的是宜兰民歌《丢丢铜仔》,几句简单的歌词"火车行到 ido amo ida 丢 ale 磅空内,磅空的水 ido 丢丢铜仔 ido amo ida 丢 ido 滴落来。"经过阿娇那轻俏的歌喉,好听极了。她一句一句地教蟹壳黄,但是这张笨嘴就学不会。

"憨客人仔!"阿娇急了,用台湾话笑骂他。这是台湾的闽南人骂客家人的话。挨了骂,蟹壳黄嘿嘿地傻笑。我听了要笑出来,赶快用手绢捂着嘴,很想看他们——看憨客人在女孩子面前是一副什么傻相,但是我不敢回头,只静静地听着,直等到车来了上去,路上还直想,那首歌,不知蟹壳黄学会了没有?

第二天,我喝豆浆时和阿娇闲聊:

"阿娇,你姓什么?"

"姓林呀!"

"原来我们是本家,你是哪里人呢?"

"罗东。"

"怪不得!《丢丢铜仔》唱得那么好!""丢丢铜仔"是火车钻山洞的台湾民谣。从台北到宜兰要穿过许多山洞,兰阳地区的人,从县长到小孩,人人会唱这首民谣。我这么一说,阿娇先是一惊,随后难为情地笑了。至于那位被阿娇称作"憨客人"的蟹壳黄,正工作得很起劲,嘴里还哼着歌,这是他从没有过的现象,一切仿佛在变了。

又一天的下午,我和凡去看电影,远远看见家乡馆那久空的案板旁,阿娇在工作。是阿娇在练习做包子吗?走到跟前才看清楚,原来是阿娇在案板上熨蟹壳黄的绿格衬衫,那么悠然得意在一旁看晚报的是那位男主人!阿娇抬起头来看见了我,我不知为什么竟向她抿嘴一笑,随后我的眼睛在绿格衬衫上打一转，再看阿娇时，她羞得满脸通红。走过去，凡对我玩笑说：

"你冲她这一笑，有点不怀好意！"

"哪里！我不过看了一眼那件衬衫而已。"

"你说他们俩会不会……干脆他娶了阿娇不好么？"

凡最喜欢给人捉成对儿，事实上看那样子，两人合作得差不多了吧？不过一个外省人和本省人的婚姻，有时也不简单呢！

有一天凡下班回来忽然对我说："糟了！蟹壳黄又贴出'本日休业'来，八成跟阿娇又吹了。"

第二天第三天都是如此，门板上着，门锁着。第四天，我早晨提着菜篮和凡走出巷子，喝！老远就又看见家乡馆的广告牌子了。我心中一喜，对凡说："看！你又可以调胃口了，这回不知道又找来什么合作的人？最好是换成馄饨、汤面、饺子、馒头等等，而且也卖宵夜的。"

我这么盼望着，好奇心也促使我直朝着那红纸招牌走去，到跟前，只见那红纸上写了四个大字：黄林喜事。

"哟！"我叫出了声，又惊奇，又高兴。凡在我身旁说："这才是一个最愉快最耐久的合作。"

再探头向里看,满屋衣冠整齐的客人中,发现了几张熟面孔,是碎麻子、老乡和长鼻子呀,都满面笑容一团和气嘛!尤其是长鼻子,不知什么事,笑得呵呵的,那鼻子随着脑袋上下颤动,就越发地显着长了。

玫瑰

　　被挤在社会新闻版的一个不引人注目的角落里，酒女玫瑰自杀是属于一条无关紧要的新闻。它只有豆腐干那么大，正像她生前所住的处于这大城市一角的那条陋巷，暗淡而无光彩，它今天被比它更认为重要的一条大新闻夺去了在这社会上的地位。一个酒女的自杀，不过是属于个人的利害，六个强盗白昼行劫，才是有关整个社会的治安，所以六个抢劫犯同时被判死刑的消息，自然要重要过一个酒女的死了。

　　然而我的眼睛却落在这条小新闻上，久久未移，它在我的心中萦绕，使我感觉到闷气，我想挣脱这份感情的锁枷，便站起来，走向窗前去。

拉开窗帘，外面很暗了，冬季的雨日，光明总是迅速地离去，斜雨、冷风，向我的脸上吹来。哗啦啦，我也听见窗外芭蕉被雨打的声音。不，有时候它不被雨打，也能发出这种声音来，有一个小孩从这花丛中经过，她每次总用手去乱弄那几株芭蕉，使它们发出声音，以便惊醒坐在窗前改课业的林老师。

这思念不由得使我探首窗外，其实在这暗淡的黄昏里，我能在芭蕉叶下找到什么。倒是我猛然抬头，又看见对面人家的那株高大的圣诞红了，圣诞节已经过去一个月，那枝干上的叶子也已落光，几片残红在支持着它的枝干上，在那灰黑的天空下，真是单调。

"老师，像豆芽菜不？"我记起那个小孩曾向我这样形容过光秃的圣诞红枝子来着。

我住在这间屋子很久，整整六个年头。我改着学生的作业，认真地工作着，有一份很浓厚的教育者的抱负，我关心这一群幼小者，常常忘掉为他们身心所受的苦楚。我也发着奇想，想在他们之中找出一朵奇葩来，我要灌溉它，培植它，然后向社会贡献出我的成绩来。所以，我记得很清楚……

在那炎热的午后,一切都显得萎靡不振,人们懒洋洋地躲在亭子角乘凉,我却起劲地在中山北路轧马路,我的汗被毒日所暴晒,发出酸臭的气味,可是我仍找不到中山北路三段一百五十巷在什么地方,我试着翻回头去找二段、一段,以及类似的数目,耗费了整整的一个星期日的下午,我终于带着落日的凉风回校了。

我很气愤,当我从教务处的学生住址册上发现曾秀惠的家是住在万华的桂林街时。

"这个会唱歌的女孩子也很会撒谎。"我对教务主任说。

"但是她为什么对你撒这种谎,也许新搬了家,记不清地址名。"

"但愿如此。但是五年级的学生了,不应当这么糊涂。"

第二天上第一堂课,我就把曾秀惠叫起来:

"你是说你住在中山北路三段一百五十巷六号吗?"

"是。"还有台湾口音,"是"是用"四"的发音说出来的。

"没有说错?"

她踌躇了一下,摇摇头,表示没有错。

"但是,"说谎的孩子,我要在众同学的面前揭发出来,

"我昨天做'家庭访问'轮到你家,却找不到这地址!"

跟着曾秀惠哭了,我让她站着上一堂课,惩罚这撒谎的孩子。她既然常常迟到,当然怕家庭访问,她也许有一位容易光火的父亲也说不定。

我很认真,下一个星期日,我牺牲了早场电影,仍决定到曾公馆走一趟,从穿着看来,这孩子不是出身穷苦人家的。星期六临下课时,我先通知秀惠,用温和的口气,一个星期下来,她可爱的歌声和清秀的笔记,早使我心软了。

"是桂林街八十巷四十三号,这回没有错了吧?"

秀惠低下头,她害羞了,眼里有泪光。我想是那天我给她的当众惩罚太凶了,应当安慰安慰她,所以我开玩笑又拍拍她的肩膀说:"老师不会吃掉你家里的人,放心吧!"

我这回很顺利地找到了,刚一拍门,曾秀惠就出来了,那情形像是一直在门里等着的。学生们听说老师要访问家庭,向来就是这么紧张的。

"妈妈在吗?"我问。

秀惠努力地点着头,往里面跑着叫:"阿姆!阿姆!林老师来了!"

随着那声音是一阵皮鞋响,走出来一位年轻的女郎,向我笑脸相迎，客气地请我坐。这位年轻的女郎是秀惠的母亲吗？我疑虑着，不敢贸然称呼，我看看站在一旁的秀惠，希望她能说明，但是她只傻呵呵地站着。年轻的女郎国语很好，也很会说话："秀惠不用功，老师请多指教！"

听那口气是个做母亲的口气，起码是她的监护者。我说秀惠是个聪明孩子，有响亮的歌喉，写一笔秀丽的字，只是……我最后把此来的目的告诉这位家长：秀惠常常迟到，我希望知道那原因。

"就应当早早起来。"她没有说明原因，可是严肃地把脸转向秀惠，申斥她。

向来见了学生家长要谈一些生活情况的，但是我看秀惠家的情形，进进出出的人，这位年轻的家长，以及这周围的气氛，我好像不便多问什么，便草草结束了这次访问，这是一次最简单的家庭访问。

此后过了不久，我有一个机会和秀惠单独谈话，我毫不经心地问那天那位年轻的女郎是她的什么人。

"我的母亲。"

"生你的母亲？"

"不是，是养母。"

是养母,那也奇怪的,年纪轻轻的,就收养了这么一个大女儿。我于是又问:"爸爸呢?"

"嗯……"她犹豫着,最后终于说了,"我没有爸爸。"

"那么,"我觉得很难问,一时说不出,结果还是问下去,"那么你的母亲在做事?"

"她在夜百合。"她低下了头,轻轻地好像吁了口气,"我的祖母很厉害,只有三十五岁。"

秀惠更告诉我,她还有一位只有五十岁的曾祖母,她们四代同堂都是养母女的关系,养母常被祖母打嘴巴,如果她不肯去夜百合的话。她的养母只有十九岁,比她大八岁。

无限的同情,从我的心底升起,我实在应当早知道这小女孩的不幸遭遇,我抚摸着她的秀发说:

"人生的遭遇尽管不同,但努力读书,将来总有你光明的前途。懂吗?秀惠!"她展开了笑容,我知道我的热诚与同情,使她感到安慰也说不定。我又说:"看到班上的林一雄吗?他爸爸踏三轮车;胡慧的妈妈给人烧饭做女工,一点儿也不丢人。职业并不能代表人格。"我出于同情,越说越深了,也不管她听懂了没有。

但是曾秀惠究竟和林一雄、胡慧不能比,我可以忍心

玫瑰

看林一雄走上他爸爸的路子或者胡慧走上她妈妈的路子,却不忍心看曾秀惠有一天也在夜百合陪酒,然而我知道唯有秀惠最有危险走上这条路,她是专预备走这条路而被人收为养女的啊!台湾的养女制度!我深深地叹息着。

无论秀惠怎样地谈论着她的家事,我却从来不敢做深一步的探问,问她将来是否也会像她的养母一样生活。我觉得不应当在她那纯洁的心版上投下一块不洁的污迹,让她幻想着美丽的前途才对,甚至于我要帮她朝着理想的路上走。

但是我也应当知道这并不是简单的事,当她的祖母因色衰而不能博得男人的欢心时,她的养母登场了,她们代代以此为生。这种生活可以使一个女人变得自私和狠毒,当秀惠的养母该走下坡的时候,秀惠正是含苞待放啊!

尽管我的班上有许多不正常家庭的子弟,但没有一个比秀惠更使我萦回于心的。在女人不幸的遭遇中,再没有比靠男人糟践而生活更令人不甘了。为了秀惠的前途,时常燃烧起我心中的一股正义之火,虽然我从来没有问起秀惠关于她的前途的事。一直到两年过去,秀惠要毕业了,我才在调查升学人数时问起:

"秀惠,你预备升中学吗?"

"当然,老师。"

"你的母亲,不,你的祖母答应了?"我已经知道这家庭是祖母的天下,虽然现在陪酒赚男人钱的是她的母亲。

"祖母说,现在的女孩子应当多读书。"

"啊!真的?"我听了当然高兴,我以为她的祖母一定看穿了这种生活,再不忍心叫她的孙女也走这条路。这是很对的,我为秀惠庆幸,更为台湾养女制度庆幸,如果人人都肯这么做的话。

"你将要努力于哪一门?"我问这话似嫌过早,但是她却应声而答:

"声乐。老师。"

不错,那优美的歌喉早已闻名全校,同乐会上人们都不信一个小女孩会唱出那么成熟的声调来,她说她常听母亲唱,而且她不唱小孩子的歌,学的都是些流行歌曲,虽嫌庸俗,但终因她的美丽的歌喉被原谅了。

秀惠已经进了中学,本不在我的辖管下了,但是一份互相了解的感情,没有因为实际的分离而隔阂。她经常回母校找我,在这窗前的芭蕉树前,我看她一年年地长大。

她像一只黄莺,时时在唱,我鼓励她,为培养她的美的人生,我不断把世界名著送进她的书包里,我听她唱,听她诉说。

有时我忙于批改课业,她便站在窗外轻声地唱,在芭蕉树前轻舞着。有时她唱到我的面前来,伏在我的桌上,停止了歌声,满脸泪痕:

"林老师,有一天我会去陪酒,站在一边唱给客人听吗?"

"傻孩子,神经过敏,完全在乱想!"我截止她。

她也常常来信,天真地写着她的中学老师的笑话,写着我给她看的书籍后的感想,写着她的生活的发展。有一次她说祖母为她请了专教歌唱的教师。"老师!我的祖母为什么为我下这么大本钱?你明白吗?好,我不说了,我说了您就认为我神经病。反正我爱唱,我尽管唱下去就是了。"她在信中这么写着,我看了只觉得满心不舒服,我希望那真是祖母的一片慈爱之心,但是陋巷中的这份人家啊!我也不敢相信她的祖母会有真正高洁的思想。

"我发疯地爱着我的歌唱,我歌唱,忘掉痛苦。"

"当我心中感到有了什么害怕时,我唱歌,并且想着老师——我想飞到您的身边,向您痛哭。"

屡次地,秀惠把悲伤的文字寄给我,我的鼓励简直敌不过她的哀感。我甚至问她,需要我帮助她什么。

"您多多鼓励我,就是给我的最大帮助,给我增加一份勇气,面对这万恶的世界!"

我的孩子!秀惠才满十五岁,便对这世界言万恶是否嫌早了些呢!我读着她秀丽的字所写出的不应当是十五岁的初中二年级学生的信,不觉泪眼模糊。我想她一定是遭遇到什么了,我记得收到这封信的前一个星期,秀惠还到学校来看我,从操场那边跑过来的时候,发育成熟的胸部因呼吸急促而颤动着,当她跑到我面前时,我不由得拉着她的手爱抚着,"我天天在看你长大!"我说。

她虽然只十五岁,可是热带的早熟,看上去她成人了,不再是那撒娇的小女孩了。那么她的祖母可能……想到这儿,我的心万分沉重,急速给她回一封信,我说:"这世界并不可怕,只要你勇于面对它,必要时反抗它,直到你的胜利。"

此后的一段时期,没有了秀惠的消息,这是常有的事,常有时两三个月不见她,她会忙着考试呀、旅行呀,忙这忙那呀，她总会写信告诉我的。

有一天秀惠的信来了，秀丽的字迹带着颤抖的声音，每一句打入我的心坎：

"老师：一个叫做玫瑰的姑娘，终于坐在青岛酒楼陪着客人喝酒唱歌了。老师！您不要鄙夷这个没出息的学生，有一段日子我想到怎样反抗，但是环境不容易，我暂时掉入泥淖中了。两三年来，祖母的热心培养，使我受了较高的教育和练习歌唱，下了大的本钱，可以捞回大的利息，这是她真正的意思。老师，我只要您仍要常常鼓励我。"

我捧着这封信，想着几个月前从操场上跑过来的那个女学生。我应当紧紧地记住她那天的打扮、姿态，对于秀惠，我所喜爱的学生，那是可纪念的一个装束。在那以后，我如果再见到秀惠，不，应当是玫瑰，就是一个新的躯壳了。但我了解她，在那躯壳中的灵魂是不易变的。所以我给她写了第一封转变生活后的信，我在信里说：

"无论你陪客人喝多少酒，你的灵魂总是纯洁的！"

没人知道我的生日，我寂寞地改着学生作业，预备中午一个人到河北人开的小店吃一碗面，给自己添添寿。这时工友拿来了一束荷花和一大盒寿糕，还有一封信，秀惠写来的：

"老师，我记得您说过，荷花的生日也是您的生日，我是无意中查到这个日子的。送上了我的祝福，但是我自己却没有来，旧日的生活会占据了我整个的心情，并且恶化，所以我不愿看见母校。"

我咬着秀惠送来的寿糕当午饭，翻开了照相簿，找到她在小学毕业的相片，我注目而视，心中充满了对人世的迷茫，咽下去的蛋糕，堵塞着，一闭眼，眼泪便流下来了。

我也一直没有企图和秀惠见面，我想象不出改变了生活以后的秀惠是什么样子，我也不愿去仔细琢磨，我一想到秀惠，总是那柔美的短发的女孩子站在我的面前。

我们以书信维系着彼此的距离，我时常鼓励她，并想以精神的力量拯救她拔出泥淖。她的信有时很悲观，有一次她在信中说：

"如果我死了，您要写一篇养女的故事，告诉人们，生生世世不要做人家的养女。"

我渐渐感觉到那秀丽笔迹下的文字是愈来愈进步了，但那悲观的成分也是正比例地进展着。我有些后悔给了她太多的书读，使她对于是非的辨别太清楚；给了她太多没有办法实现的鼓励,这鼓励对她又有何益?倒不如糊里糊涂地做着物质享受的奴隶,这样不就可以减少痛苦吗?我不应当时时刺激她,而又没有办法实际助她拔出泥足。

我是因了觉悟而渐渐使信讯疏远,我在信上不再做积极性的刺激了。我有时淡淡地而也正经地写着:

"你也不要太悲观,客人中也不是全坏的,遇到好的你可以跟他结婚,幸福的家庭生活对你也并非绝望。"

有一阵子我们没有通信了,我又在一位熟悉酒女情形的族叔口里听到秀惠的消息。族叔说:

"你那学生呀,真了不起,是青岛的第一号台柱了,她真会喝酒,和男人耍起来也够瞧的。听说已经赚下了两栋房子啰!"

我听见一方面觉得难过,一方面又觉释然。想到那样一个纯美的女孩子,怎么会落得酒楼陪客,任人蹂躏。但想到她终能适应这种生活,未尝不是她的福气。生活会慢慢习惯的,金钱也可以收买灵魂,我这么想。

实际上,青岛酒楼是我常经过的地方,我每次看完电影等公共汽车回校时,便是站在"青岛"的对面。悠扬的音乐,隐隐可以听到的歌声,加上杂乱的划拳声,和人影憧憧的楼窗,等车的人似乎不会寂寞或焦躁于二十分钟才驶过来的车辆。每一次仰头望着对面楼窗,都使我与别的等车人有异样的感觉:想到楼上有一个善歌善饮的女郎和我的关系,想到我给她的教育,想到她那忧伤的句子,想到歌声泪痕下的纯洁灵魂,想到我们始终未见面而我竟站得离她这么近,她推开楼窗就可以看到我……

许久没有接到秀惠的信,我的心反而平静了许多,再没有什么痛苦的呼声压迫我了。对整个教育来讲,我是失败的,我既未能以教育的力量去拯救她,又何必灌输给她那样多对人的是非认识?

她今年十七岁了,我忽然发着奇想,可以领一个小养女了,凑成五世同堂的养女之家,把那小女孩送到我的学校来吧,我不会再那样教育她的了,请放心吧!

圣诞节前,我收到秀惠寄来的一张讲究的圣诞卡,是特制的,上面没有天竺豆或圣诞红,却意外地画着一束玫瑰。我发现那画图的人疏忽了,竟忘记在玫瑰枝上画刺,我心里念着:啊,没有刺的玫瑰是会被人随便摘去的!

正当我认为秀惠选择了她所投降的道路是不错的,惭愧于我的教育是多余时,风雨交加的黄昏,使我读到这条

玫瑰

不引人注目的新闻,而新闻上只简单地说:一个十七岁的叫作玫瑰的酒女因厌世而自杀,在她的身旁扔着一张似乎算是遗书的字条,那上面写着:"无论我陪客人喝多少酒,我的灵魂是纯洁的。"

雨停了,风却吹着芭蕉哗哗响,我关上窗,奔到床铺上躺下去,我没有开灯,只啜泣着。

奔向光明

我们这样的散步,到几时为止呢?你有你温暖的家庭,我有我光明的将来。

我们最初的散步是出于偶然的,你应该记得,随便走走,随便谈谈,走过了桥,你回你温暖的家,我回我寂寞的单身宿舍。有一天,走尽桥头,你的故事还没讲完,你要我再在桥上走个来回听完它,我欣然允诺。以后,我们便常常这样地在桥上来回散步了。听你滔滔的话,必须把时间和道路拉长,我们的时间便从黄昏坠入黑暗,我们的道路便从过桥伸到堤岸。

有时,我们竟不知黑暗来临多久,你看看手腕说:"呀,该回家了!"我也说:"是啊,太太还傻等着你开饭呢!"

我们都笑了。你的笑是歉然的,你的眼向我道歉,你的心向她求恕。你说:"那么明天见!"有多少次我想告诉你"不再明天见",只是因为贪恋明日黄昏后和你散步的快乐,而把到嘴边的话咽下去了。你说"明天见"这样自然,轮到谁都无法拒绝的。

我独自步过那桥,嘴边还挂着笑,是笑你有那么多有趣的谈吐。

回到宿舍,宿舍有一份冷饭扣在纱罩下等待寂寞独身女主人的归来。我吃着开水泡冷饭(何止一次啊!),仿佛见到你回到那温暖的家了……你有三个孩子,最小的该睡着了,第二个也睁不开眼,大的还勉强伏在书桌上挣扎。你的家庭,在男主人没回来以前,该是有一段寂寞的时光。你回来了,家里立刻起了骚动,这骚动给你的家人带来快乐和安慰。你的太太急忙为你下厨热菜,你的大孩子给爸爸找拖鞋,二孩子已迫不及待地要骑上你的脖子。这时候屋外虽冷虽暗,屋内却暖却亮。你在那幸福的刹那间,曾把刚才散步的事忘得干干净净了……我想到这里,咽下一口冷饭,心中充满了惆怅。

有多少次,我们停在桥中央,对着落日余晖,通红的半个天反映到你的脸上，我也曾在你那光彩的脸上打过许多问号，我要问问看，你对我们这样的散步，究竟怎样的想法？我要问问看，我们准备几时向这散步的生活告别？你的笑谈明朗有趣，我们有时要分手了，你还可以站在桥边又说笑一阵，你总要使听你话的人满意而归，使她在明日黄昏后急急盼望和你相见吧？但这一切又能得到什么结果呢？你说过的，你的夫人既贤且慧，你的孩子又乖又巧，你在你的家庭里是最伟大的人物。我相信你，如果你做了我的丈夫，一样是我心目中永久的英雄，我也将终身依赖着你。可是这份幸福上帝早已赋予你的夫人了。

每天的黄昏，不管风中、雨中、雾中，我们都在桥边相见。有时我们伏在桥栏边静听流水淙淙，我俩的倒影在水中滑稽地颤动着，我们指点着谈笑，路过的人会对你我怎样地想？桥边卖水果的人，看我们在雨中漫步不知多少次了，他会想，你是我的什么人？你是个坦白而明朗的人，正像你的有趣的谈话。我们的谈话原可以在任何人面前公开出来，其中一半关乎你可爱的家庭，另一半才是世间的琐碎事物。在你多少回的谈话中，我都仿佛进入了你的家庭，而且分享了她的快乐。当你说你常把那刚刚八个月大的老三，托在你的有力的一只手掌中时，我竟怕他跌下来，仿佛要从你的手中接过孩子。我也想象过你们全家出游的情景，老大、老二在前面跑着跳着，推着老三的小车的却是我，你一手提着小旅行袋，一手帮我推着小车……但等我从迷惘中醒来时，才意识到我只是站在桥心和你谈话，我怅然若失，也骂自己可笑的胡想。你以为我累了，你又说"明天见"了！

明天见，明天见，我们还有多少个明天见？

当面向你说"不再明天见"的话，是难于出口的，但是我终于不得不在这里写下一个"不"字，你不会见怪吧？

向我们的散步告别，以后我路过那桥时，会又像以前那样低首疾步匆匆而过了。最初的一些时日，我想我是会不习惯的，我会像丢落了一件什么东西，慢慢地边走边寻；我会想起你在桥上的一言一笑；我会想到我们这段友谊多么不平凡；我更会想，将来那个真正属于我的他，是个什么样的男人？他有像你一样的风趣吗？有像你一样明朗的笑谈吗？

感谢这一段友谊的散步，它使我认识一个可爱的男人，像你这样的男人才是我心目中寻找的对象的标准。有一天也许我们又偶然在街头相遇,那时我们又何妨像熟朋友一样地互道近况,只是现在我们却该分手了,为的是,你应该回你温暖的家庭,我应该奔向我光明的将来。

| 林海音主要生平记事 |

一九一八年农历三月十八日出生于日本大阪绢笠町回生医院。父亲林焕文，台湾苗栗头份人，祖籍广东蕉岭；母亲林黄爱珍，台湾板桥人。

一九二一年随父母返回台湾，在头份及板桥居住。

一九二三年随父母到北京，定居南城。

一九二五年进入厂甸师大第一附小就读。

一九三一年父亲病逝于北京。九月，进入春明女中就读。

一九三四年考入北平新闻专科学校，并在《世界日报》担任实习记者，结识《世界日报》编辑夏承楹。

一九三七年正式担任《世界日报》记者，主跑妇女新闻。

一九三九年与夏承楹在北平结婚。

一九四零年转入北平师范大学图书馆担任图书编目工作。

一九四一年老大祖焯诞生。

一九四五年抗战胜利，老二祖美诞生。《世界日报》复刊，重回《世界日报》主编妇女版。

一九四七年老三祖丽诞生。

一九四八年与夏承楹、三个孩子、母亲与弟妹返回故乡台湾。

一九四九年开始在报上发表文章。五月,进入《国语日报》担任编辑。十二月,主编《国语日报》周末版。

一九五三年十一月,受聘担任《联合报》副刊主编。十二月,老四祖葳诞生。

一九五五年出版第一本散文集《冬青树》。

一九五六年世界新闻专科学校创立,受聘担任教席。获第二届扶轮社文学奖。

一九五七年《文星》杂志创刊,兼任文学编辑。

一九五九年第一部长篇小说《晓云》出版。

一九六零年《城南旧事》小说集出版。

一九六三年离开《联合报》。主编《联合报》副刊十年间培植诸多作家。

一九六四年受聘担任台湾省教育厅儿童读物编辑小组第一任文学编辑,从此致力于儿童文学创作。《绿藻与咸蛋》英文版出版,由殷张兰熙翻译。

一九六五年辞去儿童读物编辑小组工作。四月,应美国国务院邀请,赴美访问四个月。出版第一本儿童读物《金桥》。

一九六七年创办《纯文学月刊》,担任发行人及主编。

一九六八年成立纯文学出版社。

一九七零年加入国立编辑馆国小国语科编审委员会,并主编一、二年级国语课本,直至一九九六年,共二十六年。

一九八二年《城南旧事》被上海电影制片厂拍成电影,此片多次获得国际影展大奖。

林海音主要生平记事

一九八三年母亲去世。六月,《城南旧事》尔雅版印行。

一九八五年《剪影话文坛》被台湾文化出版及学术界评选为一九八四年台湾最有影响力的十本书之一。

一九九〇年因主编《何凡文集》获图书主编金鼎奖。五月,随台湾出版界负责人访问团到中国大陆,为离开北京四十一年半后首度踏上故土。

一九九二年《城南旧事》英文版出版,由齐邦媛、殷张兰熙翻译。

一九九四年获得世界华文作家协会及亚华作家文艺基金会举办的第二届向资深华文作家致敬奖。

一九九五年年底,结束一手创办的纯文学出版社。

一九九六年出版《静静的听》尔雅版。

一九九七年浙江文艺出版社出版《林海音文集》共五册。北京中国现代文学馆举办林海音作品研讨会。《城南旧事》德文版在德国出版。

一九九八年第三届世界华文作家大会颁赠终身成就奖。

一九九九年获颁第五届五四奖文学贡献奖。

二零零零年五月四日,中国文艺协会颁赠荣誉文艺奖章。五月十六日,《林海音作品集》十二册及《穿过林间的海音——林海音影像回忆录》出版。十月,传记《从城南走来——林海音传》(夏祖丽撰)出版。十月,《城南旧事》出版四十年,北京中国现代文学馆等学术单位合办林海音作品研讨会。

二零零一年十二月一日深夜,逝世于台北,享年八十三岁。